Lyrikreihe
»Das Neueste Gedicht«

NEUE FOLGE

42

Looking for the North Star IV

Eeva-Liisa Manner

Die Welt ist eine Dichtung meiner Sinne

Finnisch und deutsch

Ausgewählt und übertragen von
Ingrid Schellbach-Kopra
und Stefan Moster
mit einem Nachwort von Stefan Moster
und vier Abbildungen von
Osmo Rauhala

Herausgegeben von
Roswitha Th. Heiderhoff und
Viktor Mundt

Heiderhoff Verlag

Die Deutsche Bibliothek –
CIP – Einheitsaufnahme

Manner, Eeva-Liisa:
Die Welt ist eine Dichtung meiner Sinne: Gedichte;
finnisch und deutsch / Eeva-Liisa Manner.
Ausgewählt und übertragen von
Ingrid Schellbach-Kopra und Stefan Moster
u. mit e. Nachw. vers. von Stefan Moster.

Hrsg. von Roswitha Th. Heiderhoff
und Viktor Mundt.–
Eisingen: Heiderhoff, 1996
(Lyrikreihe Das Neueste Gedicht; N. F., 42)

ISBN 3-921640-97-0
NE: GT
Erste Auflage

Schrift: Stempel Garamond roman
Satz: Hermann Liebler, Höchberg
Druck- und Bindearbeiten: Buch- und Offsetdruck
Verlag F. Steinmeier, Nördlingen
Lithos: Petra Schwitkowski, Veitshöchheim
Printed in Germany

Allt sjunger. Ni ska minnas det. Res vidare!
Alles singt. Ihr werdet euch dran erinnern. Reist weiter!

(aus dem Gedicht »Stationen« – »Der Bahnhof«
von Tomas Tranströmer)

The Balance I

1956

Kaupunki

Miten talot ovat kasvaneet tässä kaupungissa,
kuilut syventyneet, vesi tullut mustemmaksi,
kohta se ryömii kaduille, kaiteet ovat hauraat,
pohjavesi nousee, kellarit ovat jo täynnä,
pelko nousee, pelko kätketään
ahdistavaan tahdikkuuteen,
ilmirikoksiin.
Pian tarvitaan veneitä, kuuletteko kohinan,
ottakaa veneet, hatut eivät enää auta,
tai jos heittäydytte rohkeasti,
viekää sana hätävalojen tuolle puolen.

1956

Die Stadt

Wie sehr die Häuser in dieser Stadt gewachsen sind,
die Schluchten tiefer geworden und das Wasser
schwärzer,
bald kriecht es auf die Straßen, brüchig sind
die Geländer,
das Grundwasser steigt, schon sind die Keller voll,
die Angst steigt, die Angst wird versteckt
in bedrückender Zurückhaltung,
in öffentlichen Verbrechen.
Bald werden Boote gebraucht, hört ihr das Brausen,
nehmt die Boote, Hüte helfen nicht mehr,
oder stürzt euch mutig hinein,
bringt das Wort auf die Seite jenseits der Notsignale.

sm

Miten yksinäisyys minusta leviää,
pensaat kuolevat pois,
puut pakenevat ja näädät, ja näädät.
Yön kylmyys siirtyy hitaasti kauemmaksi
                                        kuin jäätikön reuna
ja peittää pienet ruumiit.
Puut ulkopuolella tyhjyyttä kannattavat,
yksinäisyys
niin kuin kivi puulta puulle siirtyy.

Äärettömyyttä

ja lunta.

1956

Wie die Einsamkeit von mir her sich ausbreitet,
die Büsche sterben hinweg,
die Bäume fliehen und die Marder, die Marder.
Die Kälte der Nacht rückt langsam weiter
wie der Rand eines Gletschers
und deckt die kleinen Leiber.
Die Bäume außerhalb tragen die Leere,
die Einsamkeit
rückt wie ein Stein von Baum zu Baum.

Endlosigkeit

und Schnee.

sm

Descartes

Ajattelin, mutta en ollut olemassa.
Sanoin että eläimet ovat koneita.
Olin menettänyt kaiken muun paitsi järjen.

Sanokaa terveisiä heille kaikille
joiden tieto on salaista,
kuten Paracelsus, Swedenborg ja Elberfeldin
laskutaitoiset hevoset,
jotka ottavat juuria ja korottavat potenssiin,
laskevat virtaavia lukuja viisailla kavioillaan, ei päällään,
sillä ruumis tietää kaiken, mutta oppineessa päässä on
naula.
Sanokaa että filosofia on yksinäisyyttä ja kuollut ruumis,
joka pariutuu järjen kanssa, ja lapsi
on metodin esitys ja kuviteltu suure.

Tänään
juoksevat nopeat hevoset yli kuolevan Ranskan
ja rummuttavat kavioillaan salatun tiedon
Cartesiuksen ohimoluuhun.
Tänään olen yhtä heidän kanssaan.

1956

Descartes

Ich dachte, aber ich war nicht.
Ich sagte, die Tiere sind Maschinen.
Ich hatte alles verloren bis auf den Verstand.

Grüßt mir alle
deren Wissen geheim ist,
wie Paracelsus, Swedenborg und Elberfeldts
rechenkundige Pferde,
die Wurzeln ziehen und Potenzen erheben,
fließende Zahlen berechnen mit ihren klugen Hufen,
nicht mit dem Kopf,
denn der Körper weiß alles, aber in dem gelehrten Kopf
steckt ein Nagel.
Sagt ihnen, daß die Philosophie Einsamkeit ist und ein
toter Körper,
der sich paart mit der Vernunft, und das Kind
ist die Darlegung einer Methode
und eine erdachte Größe.

Heute
galoppieren die schnellen Pferde über das sterbende
Frankreich hinweg
und trommeln mit ihren Hufen ein geheimes Wissen
in das Schläfenbein des Cartesius.
Heute bin ich eins mit ihnen.

sm

Kambri

I

Kulkea yli vaihtelevien äärten,
mustien vesien, hauraiden porraspuiden,
läpäistä murtuvat solat, vuorten hitaat viivat,
vyörymät, lumiset pilvet, löytää valitut kivet
ja tulla seudulle
täynnä parillisia jälkiä, eläimellistä asutusta.

Nähdä taitettu tuonpuoleinen valo ja
maanpäälliset huolet,
syödä karvas hedelmä leipäpuun alla
ja tulla nälkäiseksi;
nousta ja kulkea, käydä punotut kengät loppuun,
etsiä virtaa ja tulla ihmisten tekemälle äyräälle,
pestä kädet ja hiukset ja juoda laskuvettä
ja nähdä raskaita unia viimeisestä tuomiosta:
saada aloittaa alusta rutaisesta lätäköstä
pientä alkeellista pahuutta täynnä, kuten Dytiscus tai
myöhäinen ihminen.

Kambrium

I

Gehen über wechselnde Grenzen,
schwarze Wasser, brüchige Treppenhölzer,
bröckelnde Pässe überwinden, die langsamen
Linien der Berge,
Erdrutsche, schneeige Wolken, die auserwählten Steine
finden
und in eine Gegend kommen
voller paariger Spuren, tierischer Behausungen.

Das gebrochene jenseitige Licht sehen und
die irdischen Sorgen,
eine bittere Frucht unter dem Brotbaum essen
und hungrig werden;
aufstehen und gehen, die geflochtenen Schuhe ablaufen,
einen Strom suchen und die von Menschen gemachte
Grenze erreichen,
die Hände waschen und die Haare und
vom abfließenden Wasser trinken
und schwer träumen vom Urteil des Jüngsten Gerichts:
wieder beginnen von Anfang an in einer morastigen
Pfütze
voller kleiner urtümlicher Tücken, wie der Dytiscus
oder der späte Mensch.

Kulkea, kulkea mihinkään tarttumatta
läpi lian ja lumen, vuorottelevan helteen
ja ankaran menneisyyden ja jääkauden,
sen joka oli, ja sen joka tulee;

nukkua lumessa ja sulattaa ruumiillaan pälvi
suuresta yhteisestä jäätiköstä,
oppia käsien taitoa, hidasta toivomista,
rakentaa tuulinen talo ja antaa sateiden tulla,
löytää kulunut polku ja hiotut kivet,
kiven mykkä tiheys; myös ihmiset,
ja vihata lähimmäistään niin kuin itseään;
syöda terhoja ja käpyjä, lintujen ruokaa,
jakaa ateria eläinten kanssa
ja oppia niiden vertaukset ja kieli ja nopeat jäljet.

Oppia vertaukset, ja sekoittaa ne ruumiillisiin asioihin,
oppia salaisuudet, ja unohtaa jälleen,
hukata tieto
vaelluksella läpi ajan ja kerrostuneiden aikakirjain,

Gehen, gehen ohne nach etwas zu greifen
durch Schmutz und Schnee, abwechselnd durch Hitze
und schwere Vergangenheit und Eiszeit,
die, welche war, und die, welche kommt;

im Schnee schlafen und mit dem Körper einen freien
Fleck schmelzen
in das allumfassende Eisfeld,
lernen, die Hände zu gebrauchen, langsame Hoffnung,
ein windiges Haus bauen und den Regen
kommen lassen,
einen benutzten Pfad finden und geschliffene Steine,
die stumme Dichte der Steine; auch Menschen,
und seinen Nächsten hassen wie sich selbst;
Eicheln essen und Zapfen, die Nahrung der Vögel,
die Mahlzeit mit den Tieren teilen
und ihre Vergleiche und Sprache und schnellen Spuren
lernen.

Vergleiche lernen, und sie mit körperlichen Dingen
mischen,
Geheimnisse lernen, und wieder vergessen,
das Wissen verlieren
auf der Wanderung durch die Zeit und geschichtete
Zeitbücher,

vaikeatajuisten kivikirjain ja puuttuvien dynastioiden.
Tulla tyhjäksi ja luopua taikauskosta, uskosta
joka on viisaus, peritty eläimiltä
ja sidotuilta kasveilta ennen eläimeksi-tulemista.
Tulla tyhjäksi ja luopua –
miten raskas on vaellus ilman taakkaa,
yksinäisyys ilman eläinten yhteisyyttä,
erilaisuus, jota sudet pakenevat ja pelkäävät.

Saapua viimein
kevyenä, väsyneenä,
ilman sanoja, telttaa ja eläinten myötätuntoa
meren rannalle, nähdä ruumiillaan tämä kaikki:
Hyytyvä valo ja pitkät ankarat aallot,
kova avaruus, joka kiertää, vingahtaa,
ja vitkaan jäätyvät tuulet,

lähettää tottumuksesta
tyhjä vene, huuto tuuleen
tietäen että vain sirpaleet pääsevät perille,
tai ei mikään.

schwerfaßbare Steinbücher und fehlende Dynastien.
Leer werden und den Aberglauben aufgeben,
den Glauben,
der Weisheit ist, geerbt von den Tieren
und von gebundenen Pflanzen vor ihrer Tier-Werdung.
Leer werden und aufgeben –
wie schwer ist die Wanderung ohne Last,
die Einsamkeit ohne die Gemeinschaft der Tiere,
eine Ungleichheit, die die Wölfe fliehen und fürchten.

Ankommen schließlich
leicht, müde,
ohne Wörter, Zelt und das Mitgefühl der Tiere
am Ufer des Meeres, mit seinem Körper dies alles sehen:
Das erstarrende Licht und die langen schweren Wellen,
das harte Universum, das sich dreht, ächzt,
und die allmählich gefrierenden Winde,

aus Gewohnheit ein leeres Boot
abschicken, in den Wind rufen,
wissend, daß nur Splitter ankommen werden,
oder gar nichts.

II (Kuoret)

Ei hengitystä.
Vain murtuneet kivet
pitkin jäätikön reunaa.
Venheiden ruumiita, eläinten purjeita,
trilobiitteja, kulkeutuneita luita,
pientä talletettua kuolemaa.
Musteettomia kaloja,
kalkkikirjoitusta,
kukkia jotka ovat eläimiä, tähtiä jotka ovat eläimiä,
eläimiä jotka ovat veneitä, koralleja jotka ovat aivoja,
liituun huolekkaasti painettuja,
uneksien, mikroskooppisesti
hitaita muistiinpanoja varten:

Miten lähellä ovat aikakaudet,
siluri, trias, jura, kuollut kambri,
miten kaukana tämä hetki, nykyisyys,
joka läsnäolevaa karttaa ja alas kurkottaa,
mesotsooisiin uniin,
jos ne ovat unta –

Ovat kuoret hylätyt, ja talot murtuneet.
Ovat kivet yksinäiset,

II (Die Schalen)

Kein Atem.
Nur die zerbrochenen Steine
den Rand des Eisfeldes entlang.
Die Körper der Boote, die Segel der Tiere,
Trilobiten, angeschwemmte Knochen,
kleiner gespeicherter Tod.
Tintenlose Fische,
Kalkschrift,
Blumen, die Tiere sind, Sterne, die Tiere sind,
Tiere, die Boote sind, Korallen, die Gehirne sind,
sorgfältig in Kreide gedrückt,
im Traum, mikroskopisch
für langsame Notizen:

Wie nahe liegen die Zeitalter,
Silur, Trias, Jura, das tote Kambrium,
wie fern dieser Augenblick, die Gegenwart,
die, während sie nah ist, entweicht
und sich hinabstreckt,
in mesozoische Träume,
sofern es Träume sind –

Verlassen sind die Schalen, und die Häuser zerfallen.
Einsam sind die Steine,

alkulinnut
ovat ylösnousseet,
hätääntyneet linnut laahautuvat
pitkin taivaan kuorta
ja huutavat kivettynein ennusäänin.
Maanpäälliset linnut
jäätyvät hiljaa, kärsivällisesti
tuulisille oksille,
nokat, luiset huilut vailla ääntä.

Ainoat muistot
järjestetyistä sävelistä
ovat sirot kuoret,
simpukat saranoin murtunein –
pienet ovet ovat auki ja vievät tyhjiin
huoneisiin vailla mikroskooppista musiikkia,
tyhjät humisevat kammiot
eivät syö enää, eivät vaella pyhiin.
Poissa
on ryömivä lima ja henki.

die Urvögel
sind auferstanden,
die erschrockenen Vögel schleppen sich
die Himmelsschale entlang
und rufen mit versteinerter Prophetenstimme.
Die irdischen Vögel
gefrieren still, geduldig
auf windigen Ästen,
die Schnäbel, knöcherne Flöten ohne Stimme.

Die einzigen Erinnerungen
an geordnete Melodien
sind die fragilen Schalen,
die Muscheln mit gebrochenen Scharnieren –
die kleinen Türen stehen offen und führen in leere
Zimmer ohne mikroskopische Musik,
leere rauschende Kammern,
sie essen nicht mehr, pilgern nicht.
Fort
ist der kriechende Schleim und der Geist.

III (Myöhäiset kirjat)

Kääntäkää kivinen lehti ja siinä
ovat syvälle jäätyneet monimutkaiset silmut,
silmien luvut.
Tuhatsilmäinen puu, kukan aihe ja kasvin ruumiin aihe,
aihe levitä ja humista ja täyttää maa lihavuudella,
joka lahoaa tai ehkä korjataan
kuin saalis.
Kääntäkää lehtiä, niissä on värisevän juoksijan aihe,
ravaavien sorkkien, sarvien, sarveissilmien aihe,
aihe paeta kuin kauris, kiitää tuulen mukaan,
kuulla koko ruumiillaan risahtava vaara,
haistaa se tuulesta ja maistaa
asutuista lammikoista.
Nähdä hiotut kivet ja niissä sykkivä vaara,
joka viritetään, ja osuu,

sillä takana tulevat viekkaat eläimet, jotka
ovat vapauttaneet kädet ja nousseet kahdelle jalalle,

III (Die späten Bücher)

Wendet das steinerne Blatt und dort
sind tief vereiste komplizierte Knospen,
die Zahlen der Augen.
Tausendäugiger Baum, der Keim der Blume
        und der Keim des Pflanzenkörpers,
der Keim verbreitet sich und rauscht und füllt das Land
        mit einer Dicke,
die morsch wird oder vielleicht geborgen wird
wie eine Beute.
Wendet die Blätter, in ihnen ist der Keim
des zitternden Läufers,
der Keim der trabenden Paarhufe, Geweihe, Hornaugen,
der Keim zu fliehen wie ein Steinbock,
zu jagen mit dem Wind,
mit dem ganzen Körper die knackende Gefahr zu hören,
sie zu wittern im Wind und sie zu schmecken
        in den bevölkerten Teichen.
Die geschliffenen Steine sehen und in ihnen
        die pulsierende Gefahr,
die gespannt wird, und trifft,

denn dahinter kommen die listigen Tiere, die
ihre Hände befreit und sich aufgerichtet haben
                                        auf zwei Beine,

he ovat ahkerat eläimet, heillä on etevät sormet,
jotka osaavat laskea viiteen ja virittää kielen,
ei soittimeksi vaan surmaamista varten.
He koristavat itsensä tappamisen ja hyväntoivon luvuilla
ja teroittavat kivet tarkoiksi nuolenpäiksi,
joissa on tuhon tykyttävä aihe,
kivestä irrotettu,
nukkuva kiveen.

es sind fleißige Tiere, sie haben geschickte Finger,
die bis fünf zählen können und eine Saite spannen
können,
nicht um sie klingen zu lassen, sondern zum Töten.
Sie schmücken sich selbst mit den Formeln des Tötens
und des Jagdglücks
und schleifen die Steine zu trefflichen Pfeilspitzen,
in denen der pochende Keim der Zerstörung steckt,
aus dem Stein befreit,
einschlafend im Stein.

IV (Kuun leikit)

Kuu syödään ja uudistuu
ja nostaa hitaat purjeet,
lipuu lainaten valoa ja tuulta,
vuodattaa väkevyyttään, vetää meret;
maa antautuu kuin nainen, ja paljon synnyttää.
Kasvit kasvavat, ja kynnet ja tukka,
koirat huutavat kukkuloilla, vainajat haudoissaan,
ja paljon murhataan erilaisin asein,
sanoin ja tihkuvin veitsin.
Ne syödään kuin kuu,
eivät uudistu enää,
mutta kuutamolla
        on kevyt kuolla ja nousta,
käydä veneeseen, jos kuu on laiva,
käydä loitsimaan, jos rumpu on kuu,

sillä kuun muodot ovat muuttuvaiset,
se on tuulinen kuu ja äänet ja rumpujen kuu,
se on siemen ja silmä ja Vähentäjä-kuu,
avaruuden laskeva muisti.

IV (Die Spiele des Mondes)

Der Mond wird verzehrt und wird wieder neu
und setzt die langsamen Segel,
gleitet in geliehenem Licht und Wind,
vergießt seine Kraft, verschiebt die Meere;
das Land gibt sich hin wie eine Frau,
          und viel wird gezeugt.
Gewächse wachsen, und Nägel und Haar,
Hunde rufen auf Hügeln, Leichen in ihren Gräbern,
und viel wird gemordet mit wechselnden Waffen,
mit Worten und triefenden Messern.
Sie werden verzehrt wie der Mond,
und werden nicht wieder neu,
aber im Mondschein
        ist es leicht zu sterben und aufzustehen,
das Boot zu besteigen, wenn der Mond ein Schiff ist,
das Zaubern zu beginnen, wenn die Trommel der Mond ist,

denn die Formen des Mondes sind veränderlich,
es ist ein windiger Mond und ein Mond der Stimmen
        und Trommeln,
es ist ein Samen- und Augen- und Subtrahenden-Mond,
das mathematische Gedächtnis des Alls.

V (Oi pimeys)

Jos ne tahtoivat vapautta,
maan meren luojat, hitaat synnyttäjät,
niin miksi ne eivät lintuja piirtäneet,
vaan kaloja, rakkoja, merisieniä, anturoita,
rottaa, piisamia, joille ansat viritetään,
ja jalankulkijoita tukehtuvin keuhkoin
ja aivoin, jotka kuin koralli haarautuvat
eivätkä enempää tiedä.

Oi pimeys, joka kaiken nielee; eläinten hätähuudot
jotka läpi luomisen hitaasti laahautuvat;
mikä Jumala loi tämän epäarmon? oliko se Jumala?
mikä Jumala loi nämä epäihmiset? oliko se Saatana?
ihmiset, ahneet armolle, julmat eläimille,
järjeltä suuret, mieleltä vähät.

Rukoilkaa eläinten puolesta, te rukoilevaiset,
jotka armoa kerjäätte, menestystä ja rauhaa,
myös heihin on vuotanut läsnäoleva henki,
myös he ovat sieluja, ehyemmät kuin te,
ja selvät, rohkeat, kauniit;

V (Oh Finsternis)

Wenn sie Freiheit wollten,
die Schöpfer von Himmel und Erde,
die langsamen Gebärer,
warum haben sie dann nicht Vögel gezeichnet,
sondern Fische, Blasen, Schwämme, Seezungen,
Ratte, Bisam, denen Fallen gestellt werden,
und Fußgänger mit erstickenden Lungen
und Gehirnen, die sich verzweigen wie Korallen
und auch nicht mehr wissen.

Oh Finsternis, die alles verschlingt;
die Hilferufe der Tiere
die sich langsam durch die Schöpfung schleppen;
was für ein Gott schuf diese Ungnade? war es Gott?
was für ein Gott schuf diese Unmenschen? war es Satan?
die Menschen, gierig nach Gnade, grausam zu Tieren,
groß von Verstand, im Herzen gering.

Betet für die Tiere, ihr Beter,
die ihr um Gnade bettelt, Erfolg und Frieden,
auch in sie ist der allgegenwärtige Geist eingeflossen,
auch sie sind Seelen, unversehrter als ihr,
und klar, mutig, schön;

ja jos aloitamme alusta, kuka tietää,
saamme jakaa myös nämä kärsimykset,
yksinkertaisemmat, ankarammat, tylymmät
kuin meidän.

und wenn wir beginnen von Anfang an, wer weiß,
müssen auch wir jene Leiden teilen,
die einfacher, härter, rauher sind als unsere.

VI (Apatia)

Matka Saatanasta Jumalaan
on lyhentynyt,
huiput kuluneet
ja kuilut
muruja täynnä.
Tasaista. Ruskeaa.
Vain helle värisee
ja kaiken käärii
kuin kuuma vastenmielisyys.
Aivot kärsivät,
ei paljon,
kuin osteri ehkä.

Vaellamme pitkin tyhjän reunaa.
Muurahaisten legioonat
hyökkäävät ja häviävät.
Filistealaiset.
Pyhä Scarabeus pyörittää
Jumalan suuremmaksi kunniaksi.
Näemme kaiken tämän,
vaellamme
kädestä pitäen,
minä
ja se toinen.

VI (Apathie)

Der Weg von Satan zu Gott
ist kürzer geworden,
die Gipfel abgeschliffen
und die Schluchten
voller Trümmer.
Eben. Braun.
Nur die Hitze zittert
und hüllt alles ein
wie heißer Widerwille.
Das Hirn leidet,
nicht viel,
wie eine Auster vielleicht.

Wir wandern am Rand des Nichts entlang.
Die Legionen der Ameisen
greifen an und verlieren.
Die Philister.
Der heilige Scarabäus dreht
zur höheren Ehre Gottes.
Wir sehen all dies,
wir wandern
Hand in Hand,
ich
und der andere.

VII (Ennuslauseet samoin)

Purjehdimme. Jo siintää
Hellespontos.
Aurinko leviää mereen
kuin veriuhri.
Taikuus ja savuiset
oraakkelilauseet
saatetaan kunniaan, tuleva tieto.
Rukouksia mumisevat
temppelit monijumalaiset.
Vaan kukkulat, lanteet
rauhasta uneksivat,
ei hedelmästä.

Kotilot ovat yhtyneet kiveen.
Krokotiilien laiskat ruumiit
kallioon nauliutuvat
kidoin kuumin ja kärsimättömin pyrstöin.
Ahneet kaulat
vain pääskyjä tavoittavat, musiikkia.
Liian myöhään.
Jo kynsissä virtaa kalkki.
Ne kivettyvät.
Ennuslauseet samoin.

VII (Die Prophezeiungen ebenfalls)

Wir segeln. Schon schimmert blau
der Hellespont.
Die Sonne verbreitet sich im Meer
wie ein Blutopfer.
Die Magie und die rauchigen
Orakelsprüche
werden zu Ehren gebracht, zukünftiges Wissen.
Die vielgöttrigen Tempel
murmeln Gebete.
Aber die Hügel, die Lenden
träumen vom Frieden,
nicht von der Frucht.

Die Schnecken sind im Stein vereinigt.
Die trägen Körper der Krokodile
in den Fels genagelt
mit heißen Rachen und ungeduldigen Schwänzen.
Die gierigen Hälse
recken sich nur nach Schwalben, nach Musik.
Zu spät.
Schon fließt in den Klauen der Kalk.
Sie versteinern.
Die Prophezeiungen ebenfalls.

Vaan kun tulee yö,
Poseidon hirviöt kannustaa
ja matkaan ajaa.
Mikään ei ole kuollut.
Kivi lainehtii,
atomeissa käy tuuli ja myrsky.
Valjaat päästetään, ja liike, ja voima.

Imettäjälintu siivet levittää
ja ryömivät sielut peittää
imevin suin ja haparoivin aivoin.
Maailma valmistetaan.
Ihmiset
nisäkkäät moninikamaiset
vaivoin sikiävät edelleen
hämillään, aprikoiden mitä tulee.

1956

Aber wenn die Nacht kommt,
gibt Poseidon den Ungeheuern die Sporen
und geht auf die Reise.
Nichts ist tot.
Der Stein wogt,
in den Atomen geht Wind und Sturm.
Die Zügel losgelassen, und Bewegung, und Kraft.

Der Ammenvogel breitet die Flügel aus
und bedeckt die kriechenden Seelen
mit ihren saugenden Mündern und tastenden Gehirnen.
Die Welt wird hergestellt.
Die Menschen
die vielwirbligen Säugetiere
pflanzen sich mit Mühe weiter fort
verwirrt, überlegend, was kommen wird.

sm

Tiet ovat pitkät ja kuumat.
Taivas on valkea. Varikset lentävät
ja herjaavat, käheä kirkuva pilvi.
Ikkunat ovat silmiä. Varjoni on risti.

Minne menisin, majani
on täynnä outoja tarinoita,lauseita kuin ansoja,
raskaita sanoja, jotka polttavat kuin tina
ja ennustavat, heittävät varjoja seinille.

Olen raskas, haavastani kasvaa puu
koinsyömin lehdin.
Lävitse näkyy valkohehkuinen taivas,
ymmärrykseni ei sinne ulotu.

1956

Die Straßen sind lang und heiß.
Der Himmel ist hell. Die Krähen fliegen
und schimpfen, eine heiser schreiende Wolke.
Die Fenster sind Augen. Mein Schatten ein Kreuz.

Wohin soll ich gehen, mein Haus
ist voll seltsamer Geschichten, Sätze wie Fallen,
schwere Wörter, die brennen wie Blei
und weissagen, Schatten werfen an die Wände.

Ich bin schwer, aus meiner Wunde wächst ein Baum
mit zerfressenen Blättern.
Durch sie geht der Blick auf den weißglühenden
Himmel,
mein Verständnis reicht nicht bis dorthin.

sm

Hylätty talo
Asumaton nainen
Tyhjä polku
Veräjä ei muista

Puut riisuutuvat
Taivaan koira kääntyy
Ikkunat peitetään

Vuosi kypsyy.
On syksy,
kahden päivän vingahtava kierto
ennen talvikuuta.

1956

Ein verlassenes Haus
Eine unbewohnte Frau
Ein leerer Pfad
Die Zauntür erinnert sich nicht

Die Bäume entblößen sich
Der Himmelshund wendet
Die Fenster werden verhängt

Das Jahr reift.
Der Herbst,
ächzender Umlauf zweier Tage
vor dem Wintermond.

sm

Kontrapunkti

Ne kaikki putosivat sylistäni,
puutarha, piha, talo, äänet, huoneet,
lapsi: pääskynen ja kala kädessään,
putosivat maahan
                    joka kivet työnsi.

Olen tyhjä huone,
ympärillä ilmansuunnat
ja lumen kietomat puut,
kylmät, kylmät, tyhjät.
Mutta kädelläni
kohoaa kaikki mitä rakastin,
piha, ruusut, saviruukkutalo,
täydellinen,
talo niin kuin kota, hiljaiset siemenet,
kuolema ja liike kudoksessaan,

pieni kaivo, pieni koira, näkymätön kaulanauha.
Pieni huone, pienet luukut, pienet vilkkaat nauhakengät
sydäntä ja juoksemista varten.

Kontrapunkt

Sie alle fielen aus meinem Schoß,
Garten, Hof, Haus, Stimmen, Zimmer,
das Kind: eine Schwalbe und einen Fisch in den
Händen,
sie fielen auf die Erde
die Steine wälzte.

Ich bin ein leeres Zimmer,
umgeben von den Himmelsrichtungen
und schneeverhüllten Bäumen,
kalten, kalten, leeren.
Aber auf meiner Hand
erhebt sich alles was ich liebte,
der Hof, die Rosen, das Tonkrughaus,
vollkommen,
ein Haus wie ein Zelt, die stillen Saaten,
Tod und Bewegung in seinem Gewebe,

der kleine Brunnen, der kleine Hund,
das unsichtbare Halsband.
Das kleine Zimmer, die kleinen Fenster,
die kleinen lebhaften Schnürschuhe
für das Herz und zum Laufen.

Kengät kammiosta eteiseen
juoksevat, ja vereen rakentavat
lapsensormet kivilaiturin
kivisiä soutajia varten.

Unet niin kuin kivet
syvyydessä,
luetut, omistetut kuolemalle.
Ja luukuista leijailevat
viritetyt linnut
naurua nokassaan,
mozartin pisaroita
zart zart

1956

Aus der Kammer in den Hof laufen
die Schuhe, und im Blut bauen
Kinderfinger einen steinernen Steg
für steinerne Ruderer.

Die Träume wie Steine
in der Tiefe,
gezählt, dem Tod gewidmet.
Und aus den Fenstern schweben
aufgespannte Vögel
mit Lachen im Schnabel,
Tropfen von Mozart
                    zart zart

sm

Aika

Vitkaiset tunnit leijailevat,
aurinkokellon siirtyvät varjot,
taivaankappaleet tässä hiekassa.
Punasilmäinen majesteetti Ennustajalintu
kerää kammioihin, mustakruunuinen
ja julma, harrastaen täydellisyyttä

En ole vapaa, tahtoni on linnussa
Unet kasvavat ruusuja, sormet kynttä
Kivet ovat silmiä Veressäni on risti

En ole vapaa, ranteissani sykkii vielä aika
                joka rakentaa
kalkkikäytäviä tähän vereen,
pieniä siltoja, portaita syvemmälle
vuotavia kiviä, tarkat päivämäärät
kivistä laiturin kivisiä noutajia varten
askelmia joita huuhtoo suola ja heitetyt kaiut
päivien jono ja jätteet

kunnes kohoan ja läpäisen
sirotetun ajan, hiekan, tähdet
Olen magneetti, pidätän, jos tahdon.

1956

Die Zeit

Die trägen Stunden schweben,
die rückenden Schatten der Sonnenuhr,
Himmelskörper hier im Sand.
Ihre rotäugige Majestät der Prophetenvogel
sammelt in seinen Gemächern, mit schwarzer Krone
und grausam, um Vollständigkeit bemüht

Ich bin nicht frei, mein Wille steckt in dem Vogel
Die Träume lassen Rosen wachsen, die Finger Nägel
Die Steine sind Augen, in meinem Blut ist ein Kreuz

Ich bin nicht frei, im Handgelenk pulsiert
                noch die Zeit sie baut
kalkige Gänge in diesem Blut,
kleine Brücken, Stufen tiefer
sickernde Steine, genaue Daten
aus den Steinen einen Steg für steinerne Schnitter
Stufen die das Salz auswäscht und geworfene Klänge
der Tage Kette und Reste

bis ich mich erhebe und
die verstreute Zeit, den Sand, die Sterne durchstoße
Ich bin ein Magnet, ich halte alles an, wenn ich will.

sm

Bach

On virta,
kiviä jotka järjestyvät silloiksi,
kaiverretut lohikäärmeet veden alla nukkuvat kultaiset,
portaat nousta useihin valkeisiin taloihin,
lepo ja vapaus giottonsinisessä syvyydessä.

Pidätetty aika
rakentaa kaupungin,
jonka sisällä on toinen kaupunki,
siltoja, joiden sisällä on toisia siltoja,
lumivalkoisia hevosia ja valon vaunuja varten,
portaita, kaikuja, avaruuden kerrottuja portteja:

Ja portit avautuvat avautuvat –
Avautuu purppuranokat, ovat muuntelu ja huilu,
avautuu heitetyt siivet, kohoavat, ovat fuuga,
tornit väreilevät, virtaava ruoho
solmii musiikkia valosta ja vedestä

Yön mosaiikki, ja valaistut lehdet

1956

Bach

Ein Strom,
Steine, die sich zu Brücken fügen,
gravierte Drachen unter Wasser schlafen golden,
eine Treppe steigt in viele weiße Häuser,
Ruhe und Freiheit in giottoblauer Tiefe.

Die angehaltene Zeit
errichtet eine Stadt,
in ihrem Innern ist eine weitere Stadt,
Brücken, in ihrem Innern sind weitere Brücken,
für schneeweiße Pferde und Wagen des Lichts,
Treppen, Echos, die geschichteten Tore des Universums:

Und die Tore öffnen sich, öffnen sich –
Es öffnen sich die Purpurschnäbel,
                sind Variation und Flöte,
es öffnen sich die verlassenen Flügel, sie heben sich,
                sind eine Fuge,
die Türme erbeben, fließendes Gras
flicht Musik aus Licht und Wasser

Das Mosaik der Nacht, und erleuchtete Blätter

sm

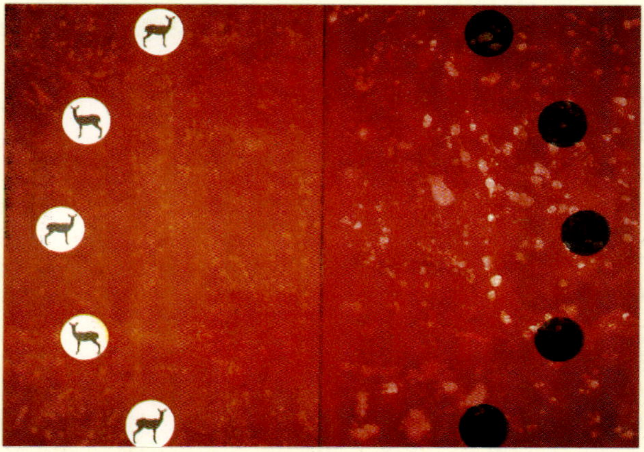

Half-moon I

1960 – 1968

Kun ranta ja heijastus ovat aivan samat
ja ehyt ja tyyni on taivaan ja veden avioliitto,

kun syvä ja kirkas on peilin kuvitelma,
ja eläimet vaeltavat, ja pilvet, ja tumma metsä
humisee syvyydessä ilman tuulta,

tarvitaan vain veteen kastuvan linnun siipi
särkemään harha:
valon ja veden ihastunut tunnustus maailmalle,
ohut kuin silkki; mutta se solmii liiton.

Ja maailma, tuore ja kaunis kuin sateen tai luomisen
jälkeen,
tai mielenmuutoksen tai pitkän sairauden,
on ainoa, raskas, jäsen jäseneltä yksin.

1960

Wenn Ufer und Widerschein ganz eins sind
und heil und still die Ehe von Himmel und Wasser,

wenn die Einbildung des Spiegels tief und klar ist,
und die Tiere wandern, und die Wolken,
und der dunkle Wald
in der Tiefe rauscht ohne Wind,

fehlt nur eine Vogelschwinge, die ins Wasser taucht
um das Trugbild zu zersplittern:
das freudige Bekenntnis von Licht und Wasser
an die Welt,
dünn wie Seide; aber es schließt einen Bund.

Und die Welt, frisch und schön wie nach dem Regen
oder der Schöpfung,
oder nach einer Sinnesänderung
oder einer langen Krankheit,
ist einzig, schwer, Glied für Glied allein.

sm

Kassandra

1

Harmistutteko, kun ette ymmärrä minua?
Loukkaanko teitä, kun ette ymmärrä?
Jumalien sytyttämä on ennustajanhulluuteni,
olen sitä täynnä,
mutta hallitsen itseni ja puhun selkeästi.

Tornit, jotka rakensitte kosiaksenne jumalia,
ovat murtuneet.
Keitä nyt kositte? Helenakaan ei ole enää kaunis.
Omistaaksenne naiskauneuden uneksitte marmorille
muodon,
annoitte kivelle himmeän ihon, koskemattoman sylin,
mutta alati tyhjät silmät kammottivat teitä.
Mitä ikinä tavoititte, saitte vain tyhjän.

Ja nyt, kun Orfeuskin on kuollut, heitetty eläimille,
pää apinoiden, sukupuoli koirien jaettavaksi,

Kassandra

1

Entrüstet ihr euch, da ihr mich nicht versteht?
Kränke ich euch, da ihr nicht versteht?
Von den Göttern entfacht ist mein Weissagungswahn,
ich bin voll davon,
doch ich beherrsche mich und spreche deutlich.

Die Türme, die ihr gebaut habt, um die Götter
zu umwerben, sind eingestürzt.
Um wen wollt ihr jetzt werben? Auch Helena
ist nicht mehr schön.
Um die Schönheit der Frau zu besitzen,
habt ihr dem Marmor eine Form erträumt,
ihr gabt dem Stein eine matte Haut,
den unberührten Schoß,
doch vor den immer leeren Augen schauderte euch.
Wonach ihr auch gegriffen habt, ihr erhieltet nur Leere.

Und jetzt, da auch Orpheus tot ist,
den Tieren vorgeworfen, den Kopf unter den Affen,
das Geschlecht unter den Hunden verteilt,

ja kreikan kieli on enää lintujen kieltä,
tulevat pedot
aistien kosteista lämpimistä metsistä,
jotka hän rauhoitti mielensä musiikilla,

pedot lyyran ohjista karanneet
hiipivät kammioihinne kuin henget,
kutsuvat hehkuvia unia tuoksuvilla vuoteilla,
                    maitokylvyissä,
atriumissa, suihkukaivon tai kirjan,
                    suloisen ja viileän tyylin luona,
ja vaativat valtakuntaa. Ettekö pelkää?

und die Zunge Griechenlands nur mehr die Zunge
von Vögeln ist, kommen die Bestien
aus den feuchten, warmen Wäldern der Sinne,
die er besänftigte mit der Musik seines Herzens,

die Bestien, den Zügeln der Lyra entwichen,
schleichen sich in eure Gemächer wie Geister,
rufen glühende Träume auf duftenden Betten,
im Milchbad, im Atrium, an der Fontäne,
oder bei einem Buch, bei anmutigem und kühlem Stil,
und fordern das Reich. Fürchtet ihr euch nicht?

2

Mikä kuolema on antanut minulle tyhjyyden kaipuun
Väsymyksen joka on ainetta Taakan jota kauhistun
Tiedon joka tekee surulliseksi
Pyrkimyksen jota luonto ei ymmärrä

Mikä kuolema on antanut vastauksen ennen kysymystä
Mikä kuolema on kirjoittanut sanansa aivoihini
Mitä kuolemaa varten elän?

Mikä elämän vastakohta Sillä elämä se ei ole
Elämä on himo tarmo ja jännitys
kaunis kuin hullu hevonen tuskan kannustama
makedonialainen ratsu Runottarien kukkulalla,
kun Ateena on kuollut.

1960

2

Welcher Tod gab mir das Verlangen nach dem Nichts
Die Müdigkeit die stofflich ist Die Bürde die
mich entsetzt
Das Wissen das traurig macht
Das Trachten das die Natur nicht versteht

Welcher Tod hat geantwortet vor dem Fragen
Welcher Tod hat sein Wort in mein Gehirn geschrieben
Für welchen Tod lebe ich?

Welcher Gegensatz des Lebens Denn das Leben ist es
nicht
Das Leben ist Begierde Kraft und Spannung
schön wie ein verrücktes Pferd, angespornt vom Schmerz
das makedonische Roß Auf dem Hügel der Musen,
wenn Athene gestorben ist.

sm

Minne aamut menevät

Vihreä aamu lankeaa alas puista,
puiden lehtien läpi, linnut pudottavat laulunsa
puiden lehtien läpi.

Aamut putoavat, linnut, laulut,
sateet satavat; pilvet, taivaan paimentolaiset
hajoavat tuuleen.

Vuodenajat kääntyvät, syksy
kulkee korjuuvaunuilla ohi
läpi hiljaisten laaksojen.

Talvi avaa vaippansa, peittää peltojen ruudut.

1964

Wohin die Morgen gehen

Der grüne Morgen gleitet herab von den Bäumen,
durch die Blätter hindurch, die Vögel lassen
            ihre Lieder fallen
durch die Blätter hindurch.

Die Morgen fallen, die Vögel, die Lieder,
die Regen regnen; die Wolken, die Nomaden
des Himmels zerstieben im Wind.

Die Jahreszeiten wenden sich, der Herbst
zieht in Erntewagen vorbei
durch die stillen Täler.

Der Winter öffnet seinen Mantel, hüllt die Felder ein.

sm

Sumussa

Sumussa raskaiden lintujen kitkuva laulu
(äänestä kuulen näkymättömien lintujen painon),
alhaalla kostea metsä

ja järvellä jokin vedestä syntyvä, suippo
joka liikkuu laulun kiilaa vastaan
ja saa hitaasti veneen muodon.

1964

Im Nebel

Im Nebel der quarrende Gesang der schweren Vögel
(an der Stimme erkenne ich das Gewicht der
unsichtbaren Vögel)
unten der feuchte Wald

und auf dem See etwas aus dem Wasser Werdendes,
schmal,
das sich auf den Keil des Liedes zu bewegt
und langsam die Form eines Bootes annimmt.

is

Aamulla kello viisi

Vesi oli tyyni kuin peili,
sukelsin peilin sisään,

kahlasin vihreässä vedessä,
kaislojen suhinassa.

Linnut heräsivät ja pudottivat laulunsa
aamun niitylle, iloiset ja hauraat,

pienet kuin viiriäisen munat,
somat, tiedottomat.

Kaksi korentoa kaislan latvassa.
Kaksi lintua orapihlajan oksassa.

Yön taistelu oli ohi, haukka ei vaaninut pyytä,
pöllö ei hiirtä, nyt se oli ohi.

Ruohossa käärmeen sorea ornamentti.
Metsästä kuuluu helmipöllön huuto.

1964

Morgens um fünf

Das Wasser war glatt wie ein Spiegel,
ich tauchte in den Spiegel hinein,

ich watete im grünen Wasser,
im Rauschen des Schilfes.

Die Vögel erwachten und ließen ihre Lieder fallen
auf die Morgenwiese, fröhliche und zerbrechliche,

klein wie Wachteleier,
zierlich, unbewußt.

Zwei Libellen an der Spitze des Schilfes.
Zwei Vögel am Stachel des Weißdorns.

Der Kampf der Nacht war vorbei,
der Habicht lauerte nicht auf das Haselhuhn,
die Eule nicht auf die Maus, jetzt war es vorbei.

Im Gras das hübsche Ornament der Schlange.
Aus dem Wald der Schrei des Rauhfußkauzes.

is

Peilikuvia

I

Vene solahtaa veteen,
kaislat avautuvat, sulkeutuvat,

suuri lintu matkii suhahdusta,
heijastus kohoaa lintua vastaan.

Verkot hohtavat rannalla kuin sade,
valon pujomat ansat.

Lintu nousee
ja erkanee veden kuvasta:
peili lentää.

Spiegelbilder

I

Das Boot gleitet ins Wasser,
das Schilf öffnet sich, schließt sich,

ein großer Vogel ahmt das Rauschen nach,
die Spiegelung hebt sich dem Vogel entgegen.

Die Netze schimmern am Ufer wie Regen,
vom Licht gesponnene Fallen.

Der Vogel steigt
löst sich vom Bild des Wassers:
der Spiegel fliegt.

II

Hevonen menee laiturille ja kumartuu veteen,
veden sisältä kohoaa toinen hevonen sitä vastaan.

Hevonen juo ja ravistaa valjaista
aleatorista musiikkia pehmeään iltaan.

Hevonen ui ja kahlaa syvemmälle,
maanvärinen olento lihaa, jänteitä ja riemua,

ympärillään auringon kaadettu kulta.

II

Das Pferd geht zum Steg und beugt sich ins Wasser,
aus dem Wasser erhebt sich ihm ein zweites Pferd entgegen.

Das Pferd trinkt und schüttelt aus dem Geschirr
aleatorische Musik in den weichen Abend.

Das Pferd schwimmt und watet tiefer hinein,
ein erdfarbenes Wesen, Fleisch, Sehnen und Übermut,

umgeben vom hingeschütteten Gold der Sonne.

III

Päivät kohoavat, putoavat
  niin kuin lehdet,
    painottomat lehden varjot,

nopeat, mykät, niin kuin peilin sisältä
  juokseva tyttö,
    joka tanssii toista tyttöä vastaan,

ja ne rientävät yhdessä pois,
  päivät kuin lapset tai leijat, kirkkaat
    päivien nauhat.

1964

III

Die Tage steigen, fallen
  wie Blätter,
    die schwerelosen Schatten eines Blattes,

schnell, stumm, wie aus dem Innern eines Spiegels
  ein Mädchen läuft
    und einem anderen Mädchen entgegentanzt,

und gemeinsam laufen sie fort,
  die Tage wie Kinder oder Drachen, die hellen
    Bänder der Tage.

is

Jos suru savuaisi,
maa peittyisi savuun.
Ja silti tämänkin surun alla on tuli,
sydämeni palaa, eikä kulu.

Kaksoset:
rakkaus ja kuolema, yhtä
epätodellisia molemmat, yhtä haluttuja,
kun luonteeni pettää, pakenen
toisesta toiseen.

Sydämeni palaa, eteinen ja kammio palavat,
ei täällä, ei minussa; ulkona, niin kuin
maailma palaisi, mielle.

Erfahrungen des empirischen Ich

Wenn Rauch aufstiege von der Trauer,
wäre die Erde in Rauch.
Und dennoch: auch unter dieser Trauer ist ein Feuer,
mein Herz brennt und vergeht nicht.

Zwillinge:
Liebe und Tod, ebenso
unwirklich beide, ebenso ersehnt,
wenn meine Kraft versagt, fliehe ich
aus dem einen ins andere.

Mein Herz brennt, Vorhof und Kammer brennen,
nicht hier, nicht in mir; draußen, als
brennte die Welt, eine Vorstellung.

Ilo ja suru alati vaihtelevat.
Ystävä, aistien-sekoittaja, älä koske,
olen kuuma, kylmä.

Askelet kuiskaavat portaissa.
Askelet tulevat, menevät.
Eivät ne ole hänen, jota minä kaipaan.

Sanat tulevat ja menevät.
Tarvitsen yhä vähemmän sanoja.
Huomenna ehkä
en tarvitse yhtään.

1964

Freude und Kummer wechseln ständig.
Freund, Sinnen-Mischer, rühr mich nicht an,
ich bin heiß, kalt.

Schritte flüstern auf der Treppe.
Schritte kommen, gehen.
Sie gehören nicht ihm, den ich ersehne.

Die Wörter kommen und gehen.
Ich brauche immer weniger Wörter.
Morgen vielleicht
brauche ich keines mehr.

is

Viime vuonna Capricorniossa

Portaita, kaikuja,
peilejä, portaita,
kaikuja, peilejä,
askelet hohtavat pölyssä,
kaikujen avaruus, valoa
peilin syvennyksessä.

Ja ruostuneen portin peittää taivaansini,
kesät, talvet, kesät
se kukkii heleänä, taivaansini,
ja pihan yli kutovat pääskyset
särisevän verkkonsa.

Huoneita, kaikuja,
kaikuja (loitolta, kuin korva olisi
hyvin kaukana lattiasta),
peilissä toinen tyhjä
valaistu huone
(kuin koverrettu kylmään kristalliin)

Letztes Jahr in Capricornio

Treppen, Echos,
Spiegel, Treppen,
Echos, Spiegel,
die Schritte schimmern im Staub,
Universum der Echos, Licht
in der Tiefe des Spiegels.

Und Himmelsbläue bedeckt das verrostete Tor,
Sommer, Winter, Sommer
hell blüht sie, Himmelsbläue,
und über den Hof knüpfen die Schwalben
ihr klirrendes Netz.

Zimmer, Echos,
Echos (aus der Ferne, als wäre das Ohr
sehr weit über dem Boden),
im Spiegel ein anderes leeres
erleuchtetes Zimmer
(wie eingraviert in das kalte Kristall)

ja hermeettisen tilan yli kiiti arka lisko
ja pölyssä jäljet yhä hohtivat
ja niityltä ruudutetulta kuului vihellys
ja jasmiinissa toisti lintu
ja kukat varisivat herkeämättä

1966

und über den hermetischen Raum jagte die scheue Echse
und im Staub schimmerten noch immer die Spuren
und von der gerasterten Wiese war ein Pfiff zu hören
und im Jasmin wiederholte ihn ein Vogel
und die Blumen verloren unablässig ihre Blüten

sm

Metsät laskeutuvat pehmeästi

Metsät laskeutuvat pehmeästi jokea kohti.
Jokea ei oikeastaan ole, vain syöpyneet rannat,
putouksen kaiku: muisto: joki kulki puiden
                                                    siimeksessä
ja sen henki nousi niityille ja metsiin ja katosi.

Joen valtava hyppy. Se on höyryä nyt.

Hidas häipynyt joki, Guadalquivirin lapsi,
musiikki käytti myllyjä, nekin ovat savea nyt.
Minä olen tässä, ja joen harmaa vaippa.
Minäkö? Mistä tiedän? Ehkä vain hämärä uni.

1966

Die Wälder senken sich sanft

Die Wälder senken sich sanft dem Fluß entgegen.
Den Fluß gibt es eigentlich nicht, nur die ausgehöhlten
Ufer,
Echo eines Falles: Erinnerung: der Fluß lief im Schatten
der Bäume
und sein Geist stieg auf die Wiesen und in die Wälder
und verschwand.

Der gewaltige Sprung des Flusses. Jetzt ist er Dampf.

Langsam verschwindender Fluß, Kind des Guadalquivir,
Musik trieb Mühlen an, auch sie sind nun Lehm.
Ich bin hier, und der graue Mantel des Flusses.
Ich? Woher weiß ich das? Vielleicht nur ein vager Traum.

sm

Kävely

Sinä vuonna kevät tuli hyvin myöhään
Kävelimme kovia kaikuvia teitä
Puut kääntyivät hitaasti iltaan

Puut, maa, päivä ja kaikki luonnolliset merkit
Yhä oli jossakin valoa, vai oliko se lunta
Puhelimme kaikenlaista, ja minä

näytin sinulle sydämeni,
myös sen huoneen jossa kukaan ei ole käynyt
Tunsin juhlallista alakuloisuutta

Lehdet eivät olleet vielä puhjenneet
Idulla olevia aiheita, puu suuri ja tyhjä
vain lintu toisti epämusikaalista ideaansa

Erosimme, ja minä kuljin yhä siinä puussa
unen tumman ja tyynen kylän läpi, ja jostain satoi lunta,
ja lintu yhä toisti, ja toistaa vielä

1966

Spaziergang

In dem Jahr kam der Frühling sehr spät
Wir gingen auf hart klingenden Wegen
Die Bäume wandten sich langsam dem Abend zu

Die Bäume, die Erde, der Tag und alle natürlichen
Zeichen
Immer noch war irgendwo Licht, oder war es Schnee
Wir sprachen über allerlei, und ich

zeigte dir mein Herz,
auch die Kammer, die noch niemand betreten hatte
Ich empfand eine feierliche Wehmut

Die Blätter waren noch nicht aufgesprungen
Im Keimen begriffene Ansätze, der Baum groß und leer
nur ein Vogel wiederholte seine unmusikalische Idee

Wir trennten uns, und ich ging noch immer in diesem
Baum
durch das dunkle und stille Dorf des Schlafs,
und von irgendwoher schneite es,
und der Vogel wiederholte noch immer,
und wiederholt immer noch

sm

Maailma on minun aistieni runoelma

Torit, kiitävät autot, puut, pölyinen vihreä
saavat sävynsä minulta:
maailma on minun aistieni runoelma
ja lakkaa kun minä kuolen.
Tämä läheisyys, pitkä hetki, ihon pehmeä
tunnelma ovat vain minussa, minulle; mielle vain
tai kehä minun aistieni haaveen ympärillä.
Kun lainaan sinulta objektiivisen silmän
näen (kuin käännetyn kiikarin läpi)
miten kuljet kirkkaita katuja pitkin
kaksin, markiisien valossa,
olet kaukana, yhä kauempana, yhä
olet, mutta häipyvän pieni.

1966

Die Welt ist eine Dichtung meiner Sinne

Die Plätze, die jagenden Autos, die Bäume,
                das staubige Grün
sie finden ihren Ausdruck durch mich:
die Welt ist eine Dichtung meiner Sinne
und erlischt wenn ich sterbe.
Diese Nähe, der lange Augenblick, das weiche
Gefühl der Haut sind nur in mir, für mich:
                ein Eindruck nur
oder ein Kreis um die Illusionen meiner Sinne.
Wenn ich von dir ein objektives Auge leihe
sehe ich (wie durch ein umgedrehtes Fernglas)
wie du auf hellen Straßen gehst
zu zweit, im Licht der Markisen,
du bist fern, immer ferner, immer noch
bist du, aber verschwindend klein.

sm

Metsän hiljaisuuteen

Olen kuin tyhmä hirvi
joka näkee kuvansa vedestä
ja luulee hukkuneensa.

Tai mitä se luulee?
Ehkä se näkee siellä toisen hirven.

Mutta sillä ei ole kovin paljon eroa.
Minun on tultava siksi mikä olen
eikä siksi mikä luulen olevani
tai tahtoisin olla;
ei myöskään siksi mikä sinä olet (tai se toinen);

tämä minun tulemiseni on hidasta riisuutumista:
jättää yksilöllisyytensä vaatteet
yhteisyyden rannalle ja uida,

minun on aina uitava ylitse, aina toista rantaa kohti;
näin jo kerran anonyymin varjoni
                    kiipeävän jyrkännettä ylös
ja häviävän metsän hiljaisuuteen, palaamatta.

1966

In die Stille des Waldes

Ich bin wie ein dummer Elch,
der sein Bild im Wasser sieht
und glaubt, er sei ertrunken.

Oder was glaubt er?
Vielleicht sieht er dort einen anderen Elch.

Doch das macht keinen großen Unterschied.
Ich muß werden was ich bin,
nicht was ich zu sein glaube
oder sein möchte:
auch nicht was du bist (oder der andere);

mein Werden ist ein langsames Entkleiden:
die Kleider der Individualität
am Ufer der Gemeinsamkeit zurücklassen und
schwimmen,

immer muß ich hinüberschwimmen, immer auf das
andere Ufer zu;
einmal schon sah ich meinen anonymen Schatten
den Abhang hinaufklettern
und in der Stille des Waldes verschwinden,
ohne zurückzukehren.

is

Assimilaatio

Näytän sinulle tien
jota olen mennyt

jos tulisit
jos tulisit jonain päivänä takaisin
etsimään minua

näetkö miten kaikki siirtyy hiukan joka hetki
ja tulee vaatimattomammaksi ja primitiivisemmäksi
(kuin lasten piirtämät kuvat
tai alkeelliset eläimet: sielun aakkoset)

tulet lämpimälle seudulle
se on pehmeä ja hämyinen
mutta silloin minä en ole enää minä,

vaan metsä.

1966

Assimilation

Ich zeige dir den Weg,
den ich gegangen bin.

Wenn du kämst
wenn du zurückkämst eines Tages
mich zu suchen

siehst du, wie sich jeden Augenblick
                    alles etwas verschiebt
und anspruchsloser wird und primitiver
(wie die von Kindern gemalten Bilder
oder urtümliche Tiere: das Alphabet der Seele)

du kommst in eine warme Gegend
sie ist weich und dämmerig
aber dann bin ich nicht mehr ich,

sondern Wald.

is

Kirjoitettu kivi

Se on laakea maljamainen esine, hauraasta ja rakeisesta pinnasta päätellen hyvin vanha, kauniisti syöpynyt kuin vanha kauniisti syöpynyt kieli. Sen reunassa on kieltä, arabiaa, jonka köynnöksissä on harvinainen pehmeys ja sirous; ehkä siinä on jokin Koraanin suura, sekin kulunut. Se on tummaa raskasta kiveä, eilen se painoi kilon, tänään 900 grammaa, sillä olen nukkunut puoleen päivään ja olen iloinen, ja kilo painaa tänään 900 grammaa. Sanotaan sen olevan tuhatluvulta.

Kun nostan sen valoa vasten, siitä kohoavat kirkkaat talot, taloissa on heleät luukut, parvekkeilla kukkien putous. Läheisestä talosta kuuluu laulua: »Sydämesi on kiveä, kirjoitan siihen.« En näe laulajaa, sanat tulevat muratista. Hullu tyttö, joka antaa muratin peittää ikkunansa, ehkä hän myös katsoo kuuta lasin läpi, hullu tyttö.

1966

Der beschriebene Stein

Es ist ein flacher, schalenförmiger Gegenstand, aus der spröden und körnigen Oberfläche zu schließen sehr alt, schön korrodiert, wie eine alte Zunge voll schöner Risse. Am Rand eine Schrift, Arabisch, mit besonderer Weiche und Anmut in den Girlanden; vielleicht steht da auch eine Sure aus dem Koran, abgenutzt auch sie. Es ist ein dunkler, schwerer Stein, gestern wog er ein Kilo, heute 900 Gramm, denn ich habe bis Mittag geschlafen und bin froh, und das Kilo wiegt heute 900 Gramm. Er soll aus dem elften Jahrhundert stammen.

Wenn ich ihn gegen das Licht halte, erheben sich darauf helle Häuser mit leuchtenden Fensterläden, auf den Balkonen ein Wasserfall von Blumen. Aus einem nahen Haus ertönt ein Lied: »Dein Herz ist aus Stein, ich schreibe hinein.« Die Sängerin sehe ich nicht, die Worte kommen aus dem Efeu. Ein verrücktes Mädchen, läßt den Efeu ihr Fenster bedecken, vielleicht betrachtet sie auch den Mond durch das Glas, das verrückte Mädchen.

is

Etäisyys yhden ja ei-kenenkään välillä on ääretön

Tunnit kuin päivät, ja päivät kuin kirjat; ennen kuin olin päässyt loppuun, olin unohtanut alun enkä saanut selkoa vieraiden asioiden paljoudesta,

ja rukoilin jonkun toisen sanoilla, Dio del silencio, abre el soledad, vaikka en uskonut Jumalaan, mutta yksinäisyyteen uskoin,

ja näin että Yksinäisyys, ei tämä huoli yksinäisyydestä vaan se toinen, kova ja kirkas, oli yhä kynnyksellä ja katseli minua,

vai minäkö se olin, minäkö olin huoneeni kynnyksellä, vai olinko itse huone, maailman kovero kylmä puoli, johon epäröin astua, koska siellä odotti täydellinen ja parantava tyhjyys,

täynnä totuutta, joka oli kaukana niin kauan kuin epäröin ja pakenin Heijastusten kadulle, tavoittaakseni elementit, auringon ja tuulen, ja sateen kosketuksen suoman satunnaisen onnen, myös harvinaisen täälläpäin.

1966

Die Entfernung zwischen einem und niemand ist endlos

Stunden wie Tage und Tage wie Bücher; bevor ich ans Ende gekommen war, hatte ich den Anfang vergessen und konnte mich in der Fülle der fremden Dinge nicht zurechtfinden,

und ich betete mit den Worten eines anderen, Dio del silencio, abre el soledad, obwohl ich nicht an Gott glaubte, aber an die Einsamkeit glaubte ich,

und ich sah, daß diese Einsamkeit, nicht diese Sorge um die Einsamkeit, sondern die andere, hart und hell, noch immer auf meiner Schwelle war und mich betrachtete,

oder war ich es, stand ich auf der Schwelle meines Zimmers, oder war ich selbst das Zimmer, die konkave kalte Seite der Welt, die zu betreten ich zögerte, weil dort die vollkommene und heilende Leere wartete,

voller Wahrheit, die fern war, solange ich zögerte und auf die Straße der Spiegelungen floh, um die Elemente zu erreichen, die Sonne und den Wind und das flüchtige Glück der Berührung des Regens, auch hier selten.

is

Hän seisoi minuun selin
enkä minä tuntenut häntä
ennen kuin hän hitaasti kääntyi
ja valo puolitti hänet.
Hän ravisteli puvultaan tuhkaa
koko ajan itsekin tuhkaksi muuttuen,
kunnes häipyi, savun kuva,
kuin valoon sulaneiden olentojen varjot
Hiroshiman sillalla.

1968

Er stand mit dem Rücken zu mir
und ich kannte ihn nicht
bevor er sich langsam umwandte
und das Licht ihn halbierte.
Er schüttelte Asche von seinem Kleid
dabei ständig selbst zu Asche werdend,
bis er verschwand, ein Bild des Rauchs,
wie die Schatten der im Licht verschmolzenen Wesen
auf der Brücke von Hiroshima.

sm

Vihreätä, lehtien jokikartan vihreätä.
Veneitä, viistopurjeita, huutoja, ritinää:
repeytyvän paperin tai silkin ääntä,
mutta se on vain papyrus: tuo hauras ja villi
on tukkinut vanhat satamat.
Ilta toi varjot: kaksi mäntyä vuorilta,
talonpoika istutti maissia ja lauloi sateesta,
jokainen kaipaa sitä mitä ei ole.
Bistroissa naurettiin puoleen yötä
(ainakin 60 fonin nauru ja meteli),
parit etsivät yksinäisyyttä,
jotkut katosivat veneiden alle tai kaisloihin.
Kertasin talonpojan lauluja sateesta:
kimeitä kaikuja Libyan rannoilta,
ja käteni muisti kaislan suhahduksen,
vai Hsin Ch'i-ch'iko sen muisti,
vesien tiennäyttäjä, hullu viisas
jonka lumosi vettä pitkin kulkeva laulu

tuskainen ja kostea kaiku.

1968

Grün, das Grün auf den Flußkarten der Blätter.
Boote, Schrägsegel, Rufe, Krachen:
das Geräusch von reißendem Papier oder Seide,
aber es ist nur Papyrus: jener spröde und wilde
hat die alten Häfen versperrt.
Der Abend brachte die Schatten: zwei Kiefern
von den Bergen,
ein Bauer pflanzte Mais und sang vom Regen,
jeder sehnt sich nach dem, was nicht ist.
In den Bistros wurde die halbe Nacht gelacht
(Lachen und Lärm von mindestens 60 Phon),
die Paare suchten die Einsamkeit,
einige verschwanden unter Booten oder im Schilf.
Ich wiederholte die Lieder des Bauern vom Regen:
scharfe Echos von den Ufern Lybiens,
und meine Hand erinnerte das Rauschen des Schilfs,
oder Hsin Ch'i-ch'iko erinnerte es,
der Wegweiser der Wasser, der verrückte Weise
den ein das Wasser entlangziehendes Lied verzauberte

ein schmerzhaftes und feuchtes Echo.

sm

Iho kuin poltettua lasia tai
viimeisteltyä nahkaa
tuota kuultavaa pergamenttia
joka helposti halkeaa ja ommellaan
ja suuria valuvia kirjaimia
  kuin silmiä
niin kärsivällisesti tehtyjä
karvanohuella siveltimellä
  kuin sanat
  Kuolleenmeren kammioissa
Mitään en osannut lukea
Se oli Hebreaa
Kosketin haurasta ommelta
kirja meni rullalle ja väistyi
kuin liekissä tuhkapuun lehti

1968

Eine Haut wie gebranntes Glas oder
poliertes Leder
jenes durchscheinende Pergament
das leicht bricht und zu nähen ist
und große fließende Buchstaben
   wie Augen
so geduldig gemacht
mit haarfeinem Pinsel
   wie die Wörter
   in den Kammern des Toten Meeres
Nichts konnte ich lesen
Es war Hebräisch
Ich berührte die brüchige Naht
das Buch rollte sich auf und wich zurück
wie in einer Flamme das Blatt der Steinmispel

sm

Where is the end of endless days

Minne menevät joutilaat, irralliset päivät
minne minun vähä vähältä häipyvä sieluni
jota olen koettanut kiinnittää tarkoituksettomiin asioihin
sitkeästi etsien niistä tarkoituksen kuviota?
Näillä päivillä ei ole enempää tarkoitusta
kuin tanssin askelilla, joilla on vain tanssin tarkoitus.
Ja sentään: kun kuulet sankaruuden ja rakkauden
hyvin oudon tanssin, sellaisen kuin Aragonian *jota,*
johon 3/8 tahtiin on saatu yllätyksen muoto,
vapaus, keveys, arvokkuus ja ilo,
tuntuu kuin eräs enkeli: kuoleman kaipaus
olisi irrottanut loukkaantuneet askelensa
tomun magneetista ja mennyt ohi
niin taitavasti hipaisten, ettei sitä unohda.

1968

Where is the end of endless days

Wohin gehen die müßigen, losen Tage
wohin meine allmählich verschwindende Seele
die ich versuchte an sinnlose Dinge zu binden
hartnäckig das Muster ihres Sinnes suchend?
Diese Tage haben nicht mehr Sinn
als die Schritte eines Tanzes, die nur den Sinn
des Tanzes haben.
Und dennoch: wenn du den höchst seltsamen Tanz
des Heldentums
und der Liebe hörst, einen wie die *Jota* Aragoniens,
in deren 3/8 Takt die Überraschung Form gewonnen hat,
Freiheit, Leichtigkeit, Würde und Freude,
ist es, als hätte ein Engel: die Sehnsucht nach dem Tod
seine verletzten Schritte vom Magnet des Staubes
gelöst und wäre vorbeigegangen
mit einer so flüchtigen Berührung, daß man es nie vergißt.

sm

Jos suru savuaisi, maa peittyisi savuun.
Kai se peittyykin jo
ja palaa muinaiseen hahmoonsa, yön sydämelle.

Valloittajat tulevat, keskiaika on palannut
mutta ilman keskiajan valoa:
taivaskaan ei ole enää kirkas.

1968

Wenn Rauch aufstiege von der Trauer, deckte sich das
Land mit Rauch.
Wohl deckt es sich schon
und kehrt zurück in seine urtümliche Gestalt,
hinein in die Nacht.

Die Eroberer kommen, das Mittelalter ist wiedergekehrt
doch ohne das Licht des Mittelalters:
nicht einmal der Himmel mehr ist hell.

sm

Minä avaan sen lampun valossa,
kellastunut kirja tuoksuu ruoholta ja homeelta.

Selaan lehtiä, syntyy sateen tapainen ääni
ja ohut tuuli kulkee sivulta sivulle

ja taistelukentän yli.
Ammusten savu hajoaa kuin voikukan höyty.

Melua; hiljaisuus. Monet hevoset harhailevat
ja miehet hevosetta. Luukkujen raosta

maalaiset äänet ja tuoksut. Pääskysten kimeä huuto.
Anis, ja koiranputki. Unikko, voikukan höyty

ja kirjan sivuilla ammusten hattarat.
Lampun pehmeä kehä sulkee taistelukentän.

1968

Ich öffne es im Licht der Lampe,
das vergilbte Buch duftet nach Gras und Schimmel.

Ich blättere die Seiten, es entsteht ein
regengleiches Geräusch
und ein dünner Wind zieht von Seite zu Seite

und über das Schlachtfeld.
Der Rauch der Geschosse zerfällt wie der Flaum
des Löwenzahn.

Lärm; Stille. Viele Pferde irren umher
und Männer ohne ihre Pferde. Durch die Fensterspalten

die ländlichen Stimmen und Düfte. Das scharfe
Geschrei der Schwalben.
Anis und Kerbel. Mohn, der Flaum des Löwenzahn

und auf den Seiten des Buches die Wölkchen
der Geschosse.
Der weiche Kreis der Lampe umschließt das Schlachtfeld.

sm

Kuulen jäätyvän sateen äänen.
Leijailevan tuhkan
ääntä ei enää kuule.

1968

Ich höre die Stimme des gefrierenden Regens.
Die Stimme der schwebenden Asche
hört niemand mehr.

sm

En tunne esineiden olemusta, ominaisuudet tunnen.
Tunnen sinun olemuksesi, ominaisuuksiasi en.

Mistä tämä loputon intrigi ja oikku:
sanoa kylmiä kuumasti? kuumia kylmästi?

Neliöidä ympyrä, mikä särmien paljous,
ja taas aloittaa alusta, kirjoittaa usvalla

Katsella mitä kirjoittava käsi tekee peilin sisällä:
Se tekee kaiken päin vastoin.

1968

Ich kenne nicht das Wesen der Gegenstände,
die Eigenschaften kenne ich.
Ich kenne dein Wesen, deine Eigenschaften nicht.

Woher diese endlose Intrige und Marotte:
Kaltes heiß aussprechen? Heißes kalt?

Den Kreis quadratieren, welche Fülle von Ecken,
und wieder von vorne beginnen, mit Nebel schreiben

Beobachten was die schreibende Hand im Innern
des Spiegels macht:
Sie macht alles seitenverkehrt.

sm

Kun luen, joku toinen ajattelee minun puolestani.
Kun kirjoitan, käsi ajattelee puolestani.
Kun nukun, en kysy: olenko olemassa,
minä olen, ja tiedän, että en ole vapaa,
en voi pettää itseäni: näen unta.

1968

Wenn ich lese, denkt jemand anders für mich.
Wenn ich schreibe, denkt die Hand für mich.
Wenn ich schlafe, frage ich nicht: bin ich da,
ich bin, und weiß, ich bin nicht frei,
ich kann mich nicht selbst betrügen: ich träume.

sm

Aika ei mene joen yli
minun kaikki aikani on tällä puolen
Toisella talo tuhkassa ja sulanut kello:
muiston pysyvyys.

1968

Die Zeit geht nicht über den Fluß
all meine Zeit liegt diesseits
Drüben ein Haus in Asche und eine geschmolzene Uhr:
Permanenz der Erinnerung.

sm

Puut ovat paljaat.
Syksy
vie sumuhevosiaan joelle.

Koirat haukkuvat etäällä, etäällä.
Pienet ajopelit tulevat ahtaasta veräjästä,
yksin, ajuritta, ja häviävät.

Sanotaan, noin ajelee haamu,
jos sydän nukkuu rautatammen alla.
Mutta haamut ovat vain muistoja.

Yö tulee varhain.
Kohta on talvi
kuin kaivo, syvä ja kylmä.

1968

Die Bäume sind kahl.
Der Herbst
führt seine Nebelpferde zum Fluß.

Die Hunde bellen weit weg, weit weg.
Kleine Wagen kommen durch ein enges Gatter,
allein, ohne Kutscher, und verschwinden.

Man sagt, so fahren die Geister,
wenn das Herz unter der Steineiche schläft.
Aber die Geister sind nur Erinnerungen.

Die Nacht kommt früh.
Bald ist Winter
wie ein Brunnen, tief und kalt.

is

Looking for the North Star II

1971 – 1977

Jos Yin Yuan palaisi

I

Yin Yuan eli Nagasakissa yli neljäsataa vuotta sitten,
sai nimen Eikukaan ja teki vuorille mietiskelyn talon.
Mitä Eikukaan perusti, sitä ei kukaan voi hävittää,
keveät asiat pysyvät, olemattomat todella ovat.

Würde Yin Yuan zurückkehren

I

Yin Yuan lebte vor vierhundert Jahren in Nagasaki,
er bekam den Namen Keiner und baute auf dem Berg
ein Haus der Kontemplation.
Was Keiner gründete, kann niemand zerstören,
die leichten Dinge bleiben, die unbedeutenden
sind wirklich.

II

Yin Yuan ilmoitti intohimojen summan:
kahdeksankymmentäneljätuhatta levottomuutta.
Jenkit muuttivat summan dollareiksi ja jatkoivat rulettia.
Joet värjättiin verellä ja petrolilla,
rikoksia tehtiin mielijohteesta ja pelosta.
Kaikki oli luulojen perässä juoksemista,
he näkivät luulluissa vihollisissa omat pelotellut kasvonsa,
ja niin tuli nureasta oikea.

Tämä oli heidän mukaansa 'maailman tasapainottamista',
'akselin oikaisemista' ja 'arkaluontoisten sotien
  lopettamista'.
Mutta he eivät olleet poliiseina silloin, kun sodan
  liekkejä syttyi
Euroopan sydämessä; kaipa miehitykseen oli saatu
  maailmanpoliisin lupa
sekä 56 että 68, ja saadaan vastakin.

II

Yin Yuan gab die Summe der Leidenschaften bekannt:
vierundachtzigtausend Unruhen.
Die Amis verwandelten die Summe in Dollars und
spielten Roulette.
Die Flüsse wurden mit Blut und Erdöl gefärbt,
Verbrechen wurden begangen aus der Laune heraus
und aus Angst.
Alles war ein einziges Rennen, den Mutmaßungen
hinterher,
sie sahen in den mutmaßlichen Feinden die eigenen
verängstigten Gesichter,
und so wurde aus falsch richtig.

So ließen sich nach ihrer Meinung 'die Welt ins
Gleichgewicht bringen',
'die Achse justieren' und 'brisante Kriege beenden'.
Aber da traten sie nicht als Polizisten auf, als die Flamme
des Krieges entfacht wurde
im Herzen Europas; für die Besetzung hatte man
'56 wie '68 die Erlaubnis der Weltpolizei wohl erhalten,
und erhält sie auch fernerhin.

Kaukaisessa idässä sotaa lopetettiin ja lopetettiin
laajentamalla sitä; depression kimppuun käytiin aggression
asein
– ja voihan kirveiden puuhista aina syyttää puita.
Heillä oli maaginen kaava: miten ostaa hyviä aikoja ja
myydä huonoja.
(»Sodan laajeneminen virkistää meitä«:
Wall Street Journal).
Mutta strategia kääntyi nytkin itseään vastaan,
vaikeudet kasvoivat vuoriksi, joet täyttyivät
suotta tapettujen ruumiilla.
Helvetillinen hurskaus, kauppa ja raakuus levittivät
mielettömyyttä,
akseli kallistui yhä ja kaikki navat tulehtuivat
(sillä nyt niitä oli jo useita).

Jos Yin Yuan palaisi, hän itkisi
ja kysyisi onnettomilta sotilailta:
'Tiedättekö mitä teette?'

Im Fernen Osten wurde der Krieg beendet und beendet
indem er ausgeweitet wurde; die Depression
wurde angegriffen mit den Waffen der Aggression
– und schließlich kann man für das Treiben der Äxte immer
die Bäume verantwortlich machen.
Sie besaßen ein magisches Muster: wie kauft man
gute Zeiten und verkauft schlechte.
(»Die Ausweitung des Krieges stärkt unsere Position«:
Wall Street Journal).
Doch die Strategie wendete sich auch jetzt gegen sich
selbst,
die Schwierigkeiten wuchsen zu Bergen an,
die Flüsse füllten sich mit den Leichen umsonst
Getöteter.
Höllische Frömmigkeit, Geschäft und Brutalität
verbreiteten Sinnlosigkeit,
die Achse neigte sich immer noch und alle Pole
entzündeten sich
(denn jetzt gab es derer schon mehrere).

Würde Yin Yuan zurückkehren, würde er weinen
und die unglücklichen Soldaten fragen:
'Wißt ihr, was ihr tut?'

ja he vastaisivat niin kuin on opetettu: 'Taistelemme
lohikäärmettä vastaan.'

Yin Yuan: 'Mielettömät, menkää kotiin,
lohikäärme on siellä.
Teidänkin maanne on miehitetty,
se on oman rajattoman armeijansa jaloissa.
Aseilla ei voi estää itätuulta eikä auttaa länsituulta,
teette aivan päinvastoin kuin pitäisi.
Tuli ei sammuta tulta, eikä vettä voi pestä kuralla.
Kun oma kattonne palaa, älkää rynnätkö vieraisiin,
pankaa omat nurkkanne kuntoon
ja tutkikaa myös kellari. Piruparat,
älkää nukkuko, näette lohikäärmeen unia,
herätkää, ja järki palaa jäseniinne ja päähänne,

ja lohikäärmettä ei enää ole'.

1971

Und sie würden antworten wie sie es gelernt haben:
'Wir kämpfen gegen den Drachen.'

Yin Yuan: 'Wahnsinnige, geht nach Hause,
dort ist der Drachen.
Auch euer Land ist besetzt,
überrollt von seiner eigenen grenzenlosen Armee.
Mit Waffen kann man den Ostwind nicht aufhalten
und dem Westwind nicht helfen,
ihr habt das Gegenteil von dem getan, was ihr hättet
tun sollen.
Feuer löscht kein Feuer, und Wasser kann man nicht
mit Schmutz waschen.
Wenn euer eigenes Dach brennt, stürzt euch nicht
auf die benachbarten,
bringt eure eigenen Ecken in Ordnung
und kümmert euch auch um den Keller. Arme Teufel,
schlaft nicht, ihr träumt Drachenträume,
wacht auf, und die Vernunft kehrt zurück in eure Glieder
und in euren Kopf,

und den Drachen gibt es nicht mehr'.

sm

Nähtyään tämän maailman kurjuuden
hän alkoi kadehtia kuolleita
ja muutti puuhun, joka lumosi hänet,
ja jatkoi kulkuaan puun avaruudessa.

Oksilla polkuja, muinaisia kyliä,
vaitioloa, sulkeutuneita taloja,
jokaisessa talossa suunnaton lintu:
mitä lie ylikasvaneita olentoja unen huoneissa.

Välttäen lintujen ennusteita hän kulki portin läpi,
ja taas portin läpi.
Kuului etäinen haukunta, jokin koira muuttui
alati kaiuiksi. Nekin äänet taukosivat.
Hiljaisuus haarautui yhä syvemmälle puuhun.
Mikään ei enää liikuttanut häntä, hän kulki kuin kartassa.
Vain kuiskaukset lepattivat,
ja nekin olivat muistoja

(murmure d'ulivi saraceni
murmure).

1971

Nachdem sie das Elend dieser Welt gesehen hatte,
begann sie die Toten zu beneiden
und zog in den Baum, der sie verzauberte
und wanderte weiter im Universum des Baumes.

Auf den Zweigen Pfade, alte Dörfer,
Schweigen, verschlossene Häuser,
in jedem Haus ein unermeßlicher Vogel:
allerlei übergroße Wesen in den Zimmern des Traumes.

Ohne auf die Prophezeiungen der Vögel zu achten
ging sie durch eine Pforte, und wieder durch eine Pforte.
Von fern war ein Bellen zu hören, irgend ein Hund
wurde ständig zum Echo.
Auch diese Stimmen verstummten.
Die Stille verzweigte sich immer tiefer im Baum.
Nichts bewegte sie mehr, sie wanderte wie in einer Karte.
Nur die Flüsterworte flatterten,
und auch sie waren Erinnerungen

(murmure d'ulivi saraceni
murmure).

is

Tsetse

Kaikella mitä sanoit, oli hohto ja paino,
ainutkertainen muoto, kuin lumikiteen.

Kuulin ilman pimenevän. Hiljaisuus:
laskeutuvan lumen ääni.

1971

Tsetse

Alles was du sagtest, war Glanz und Gewicht,
einmalige Form, wie ein Schneekristall.

Ich hörte die Luft dunkler werden. Stille:
das Geräusch des fallenden Schnees.

is

Keskipäivä kulkee kuihtuneen maan yli.
Ensimmäinen tunti osuu kirjani sivulle.
Huoneessa on hiljaista, valo jättää ikkunan.
Muistot tulevat ja menevät
niin kuin tuuli kulkee metsän läpi,
niin kuin tuuli kulkee metsän läpi.

1971

Der Mittag geht über das ausgetrocknete Land.
Die erste Stunde trifft auf eine Seite meines Buches.
Im Zimmer ist es still, das Licht verläßt das Fenster.
Die Erinnerungen kommen und gehen
so wie der Wind durch den Wald geht,
so wie der Wind durch den Wald geht.

is

Älä luule että pidän tärkeänä
tätä tai muutakaan yritystä ristiriidan voittamiseksi.
Turhuudessa on runon koko järki:

lintuja kuin aukkoja mustassa lumessa
kylmän ja pitkän päivän sydämellä.

1971

Glaube nicht, daß ich diesen oder irgendeinen
anderen Versuch
zur Überwindung des Widerspruches wichtig finde.
In der Nichtigkeit liegt der ganze Sinn des Gedichts:

Vögel wie Löcher im schwarzen Schnee
auf dem Herzen eines kalten und langen Tages.

is

Täällä on kaikki pysähdyksissä.
Missä täällä? Aina en tiedä sitä.
Tuo vanha uuni on kuin lapsuudesta.
Mutta sitten se ei ole todellinen.

Ehkä olen jo hiljaisuuden sillä puolen
jonne sanaa ei tule koska sanantuojaa ei tule.
Koira haukkuu vettä pitkin, ja toinen, ja kolmas.
Vai onko se yksi kolmipäinen koira?

1971

Hier steht alles still.
Wo hier? Das weiß ich nicht immer.
Dieser alte Ofen wie in der Kindheit.
Doch dann ist er nicht wirklich.

Vielleicht bin ich schon jenseits der Stille,
wo das Wort nicht hingelangt, weil kein Bote kommt.
Ein Hund bellt das Wasser entlang, ein zweiter, ein dritter.
Oder ist es ein Hund mit drei Köpfen?

is

Varokaa, voittajat

Ja taas olen palannut hämyisiin huoneisiini,
en näkemään unia; toisten (kahlittujen) unet
on hengitetty seiniin
ja home loistaa öisin.
Ullakolla juoksevat hiiret.

Harmaita lintuja kuin helmiä köynnöksissä,
jotka hitaasti murentavat saven.
Kuulen askelia tyhjässä talossa.
Kellojen ääniä katedraalista joka on jo maatunut,
mennyt kuuron maan sisään.
Keitä haudataan, ketkä nousevat ylös
pukeutuneina valon usvaan.
Sitten kun he ovat kärsineet tuomionsa:
777 kehämäistä vuotta,
varjojen muratti, luonnon oma pehmyt miekka
on jo keveästi halkaissut
tyrannien säätämän pimeyden
ja tyrannitkin vaihtuneet ja kukistuneet,
mutta Valon tyrannit eivät vaihdu;

Vorsicht, ihr Sieger

Und wieder bin ich zurückgekehrt in meine
dämmrigen Zimmer,
nicht, um zu träumen; die Träume der anderen
(der Gefesselten)
sind in die Wände geatmet,
und der Schimmel leuchtet des Nachts.
Auf dem Dachboden laufen die Mäuse.

Graue Vögel wie Perlen in Ranken,
die langsam den Lehm brechen.
Ich höre Schritte im leeren Haus.
Die Stimmen der Glocken aus der Kathedrale,
die schon vermodert ist,
eingegangen in die taube Erde.
Die einen werden begraben, die anderen auferstehen
gekleidet in den Nebel des Lichtes.
Dann wenn sie ihr Urteil verbüßt haben:
777 kreisförmige Jahre,
der Efeu der Schatten, das eigene weiche Schwert
der Natur
hat die von den Tyrannen verordnete Finsternis
schon mühelos durchtrennt,
auch die Tyrannen wechselten und stürzten,
aber die Tyrannen des Lichtes wechseln nicht;

ja murattihuoneiden peitetyssä valossa
langetetaan toisenlaisia tuomioita
tosiasioiden ja valheen pölyn tuolla puolen.

1971

und im gedeckten Licht der Efeuzimmer
werden andere Urteile gefällt
jenseits vom Staub der Tatsachen und der Lüge.

is

Teoreema

Proosa olkoon kovaa, se herättäköön levottomuutta.
Mutta runo on kaiku joka kuullaan, kun elämä
on mykkää:

vuorilla liukuvat varjot: tuulen ja pilvien kuva,
savun kulku tai elämän: kirkas, hämärä, kirkas,

hiljaa virtaava joki, syvät pilviset metsät,
hitaasti maatuvat talot, lämpöä huokuvat kujat,

hauraaksi kulunut kynnys, varjon hiljaisuus,
lapsen pelokas askel huoneen hämäryyteen,

kirje joka tulee kaukaa ja työnnetään oven ali,
niin suuri ja valkea että se täyttää talon,

tai päivä niin jäykkä ja kirkas että voi kuulla
miten aurinko naulaa umpeen aution sinisen oven.

1971

Theorem

Prosa soll hart sein, Unruhe wecken.
Das Gedicht aber ist das Echo, das man hört,
wenn das Leben stumm ist:

auf den Bergen ziehende Schatten: das Bild von Wind
und Wolken,
der Weg des Rauches oder des Lebens: hell, dunkel, hell,

ein still fließender Fluß, tiefe wolkige Wälder,
langsam vermodernde Häuser, Wärme atmende Gassen,

eine abgenutzte Schwelle, die Stille des Schattens,
der furchtsame Schritt eines Kindes in das Dunkel
des Zimmers,

ein Brief, der von weit kommt und unter die Tür
geschoben wird,
so groß und hell, daß er das Haus erfüllt,

oder ein Tag so steif und klar, daß man hören kann,
wie die Sonne die verlassene blaue Tür zunagelt.

is

Järvi on täynnä lähteetöntä valoa.
Nyt voisi kulkea illan tuolle puolen
ja kadota kuin filmiltä
joka on unohdettu aurinkoon.

Kevyt ja helppo lähtö:
valosta ja aineesta tehdyt hauraat kuvat
himmenevät, ohenevat,
poistuvat takaisin valoon.

1977

Der See ist voller Licht ohne Quelle.
Jetzt könnte man auf die andere Seite des Abends gehen
und verschwinden wie von einem Film,
der in der Sonne vergessen wurde.

Ein schwereloser und leichter Abgang:
die brüchigen Bilder aus Licht und Materie
werden trüber, werden dünner,
gehen zurück ins Licht.

is

Tyhjät polut. Askelia:
lintu juoksee katolla.
Aamulla niin sakea sumu
että siitä voisi kehrätä villaa
niin kuin puut valmistavat kuitujaan
näkymättömissä kangaspuissaan.

Laituria pari porrasta:
avaruus on valkoinen.
Minkä kuilun yli se vie?
Vai eikö putouksen kuilua olekaan,
vain kadonnut järvi
ja joutsenen jälki vedessä.

1977

Leere Pfade. Schritte:
ein Vogel läuft auf dem Dach.
Am Morgen so dichter Nebel,
daß man daraus Wolle spinnen könnte
wie die Bäume ihre Fasern bereiten
auf unsichtbaren Webstühlen.

Vom Steg ein paar Stufen:
das Universum ist weiß.
Über welchen Abgrund führt er?
Oder gibt es gar keinen Abgrund im Wasserfall,
sondern nur den verschwundenen See
und die Spur des Schwanes im Wasser.

is

Olen kulkenut kaukaisissa, syvissä,
hiljaisissa maailmoissa
kohtaamatta muuta kuin puun
joka luovutti lehtensä, levottoman verenpunan.
Joku haudattiin? Minun ruumiini?
Toivo? Vai tahto? Tai vain korvat?
Halu lakata kuulemasta elämän melua,
näkemästä sen karkeaa hyörinää.
Ja viimeisen fuugan kaiuttua
ei kuulunut enää mitään ääntä,
ei lehden, ei veden, ei tuulen, ei kirkasta
kirkasta iloa, ei surun kaikua
peilin tuolta puolen,
ei sumun hopeista valoa, veden kirjoa.
Maa oli autio, puut paljaat,
vesi tyyni, ei tarvinnut pyrkiä enää alemmaksi

kaukaisissa, syvissä, hiljaisissa maailmoissa.

1977

Ich bin durch ferne, tiefe, stille Welten gegangen
und habe nichts anderes getroffen als den Baum,
der seine Blätter hergab, das unruhige Hämoglobin.
Wurde jemand begraben? Mein Körper?
Die Hoffnung? Oder der Wille? Oder nur die Ohren?
Der Wunsch, nichts mehr zu hören vom Lärm
des Lebens,
sein rohes Treiben nicht mehr zu sehen.
Und als die letzte Fuge verklungen war,
war kein Laut mehr zu hören,
vom Blatt, vom Wasser, vom Wind, nichts mehr
von heller heller Freude, vom Widerhall des Kummers
auf der anderen Seite des Spiegels,
nicht das silberne Licht des Nebels,
das Spektrum des Wassers.
Die Erde war öde, die Bäume kahl,
das Wasser still, ich brauchte nicht mehr tiefer hinab

in den fernen, den tiefen, den stillen Welten.

is

Tie on himmeä, kirkas, himmeä, keltainen
ja rannalla vaeltavat kahlaajan sumuiset äänet.
Ne ovat lauseita. Ilta kokee verkkojaan.
Metsässä kehrääjän ääni: kutsu tai valitus.
Jokipajun tuoksu, ja kaislan ohut kaanon.

1977

Der Weg ist dämmrig, hell, dämmrig, gelb
und am Ufer wandern die nebligen Stimmen des
Wasserläufers.
Es sind Sätze. Der Abend holt seine Netze ein.
Im Wald die Stimme des Ziegenmelkers:
Lockruf oder Klage.
Der Duft der Flußweide, und der dünne Kanon
des Schilfes.

is

Arvoituksellinen valitus metsässä
kun kylä nukkuu.
Arvoituksellinen hauras valitus
joka muistuttaa lapsen itkua.
Avaat oven. Kuuntelet. Hiljaisuus.
Suljet oven. Se alkaa taas.
Kuka on eksynyt pimeässä?
Kenet on pantu heitteille?
Ketä hukutetaan jossain?
Pitkä arvoituksellinen valitus,
kuin muisto itkisi, tai varjo, tai kaiku

vettä pitkin.

1977

Ein rätselhaftes Klagen im Wald
während das Dorf schläft.
Ein rätselhaftes, schwaches Klagen
wie das Weinen eines Kindes.
Du öffnest die Tür. Du lauschst. Stille.
Du schließt die Tür. Es beginnt wieder.
Wer hat sich im Dunkeln verirrt?
Wen hat jemand ausgesetzt?
Wer wird irgendwo ertränkt?
Ein langes, rätselhaftes Klagen,
wie wenn eine Erinnerung weinte oder ein Schatten
oder ein Echo

das Wasser entlang.

is

Kuu nousee keskiyöllä
ja tutkii maan kuin luolan.
Rikos on tapahtunut,
kynnyksellä on veitsi.

Punainen kuu nousee
ja tutkii kaikki kaivot.
Rikos on tapahtunut,
kaivossa on verta.

Kuu kääntää pimeän puolen.
Mitään ei ole tapahtunut.
Vain yö ja lammen silmä
ja suden tunti ja askel

ja kala kynnyksellä
ja haavoitettu tammi,
veren kivi ja peitetty kaivo
ja raudan hypnoosi.

1977

Der Mond geht auf um Mitternacht
und untersucht die Erde wie eine Höhle.
Ein Verbrechen ist geschehen,
auf der Schwelle liegt ein Messer.

Der rote Mond geht auf
und untersucht alle Brunnen.
Ein Verbrechen ist geschehen,
im Brunnen ist Blut.

Der Mond zeigt seine dunkle Seite.
Nichts ist geschehen.
Nur die Nacht und das Auge des Teiches
und die Stunde des Wolfes und ein Schritt

und ein Fisch auf der Schwelle
und die verwundete Eiche,
der Stein des Blutes und der bedeckte Brunnen
und die Hypnose des Eisens.

is

Oi Jumala, puhdista vedet

Oi öitten Jumala, mikä suuri murhe
odottaa meitä ettäs näin sen korvaat meille
ennen kuin sen aika tulee?

£, Litania yössä

Eikö Pound nähnyt, että kauneus Itse
oli se murhe,
että kauneus oli mädäntynyt?

Mykät tähdet sen näkivät, vaikka salasivat tietonsa.
Vesi itse sen näki, eikä salannut.
Se oli niin likainen että kehitti filmin,
jonka pudotin Huokausten sillalta.

Huomenna, kun tiede varttuu tuuman
ja muistaa myös menneisyyden,
ylistetty vesi, joka tiesi, ja haisi,
kehittää myös huokaukset (suspiros, sospiri)

ja jokin toistaja soittaa niitä turisteille

O Gott, reinige die Wasser

O Gott der Nächte, welch großer Kummer
erwartet uns, daß du ihn uns so vergiltst
bevor seine Zeit gekommen ist?
£, *Litanei in der Nacht*

Hat Pound nicht gesehen, daß die Schönheit selbst
jener Kummer war,
daß die Schönheit verfault war?

Die stummen Sterne sahen es, wenngleich sie ihr
Wissen verheimlichten.
Das Wasser selbst sah es und verheimlichte es nicht.
Es war so verschmutzt, daß es einen Film entwickelte,
den ich von der Seufzerbrücke fallen ließ.

Morgen, wenn die Wissenschaft einen Zoll weiter ist
und sich auch der Vergangenheit erinnert,
wird das gepriesene Wasser, das wußte und roch,
auch Seufzer entwickeln (suspiros, sospiri)

und irgendein Wiederholungsmechanismus spielt
sie für Touristen

niin kuin Birkenaun nauha sarvipöllön huutoja,
myöhään kirjattuja ennustuksia
(hu-huu, ho, ho-hoo)

(Hiljaisuuden Jumala,
minä näin sinun palvelijattaresi tuhkan,
kärvennetyn loistossaan).

Auschwitz 7. 7. 77

1977

so wie in Birkenau das Tonband die Rufe
der Waldohreule,
spät aufgezeichnete Prophezeiungen
(hu-huu, ho, ho-hoo)

(Gott der Stille,
ich sah die Asche deiner Dienerin,
versengt in ihrem Glanz).

Auschwitz 7. 7. 77

sm

Nada

»No se puede vivir sin amar.«
»Si, se puede«, minä sanoin
ja pukeuduin mustiin
viimeisiä naamiaisia varten.

Ja suuni oli täynnä tomua
kuin olisin itkenyt kurkkuni kuivaksi
(vaikka en ole itkenyt puoleensataan
vuoteen).

En tahdo teidän taivaitanne, compañeros,
alhaisia valoja, vääriä ystäviä,
suudelmien katuja,
lentävien peilien valheita.

Tahdon murtaa viimeisen sinetin,
kuun joka ei valaise,
yön, jossa mikään ei loista.

1977

Nada

»No se puede vivir sin amar.«
»Si, se puede«, sagte ich
und kleidete mich schwarz
für den letzten Maskenball.

Und mein Mund war voller Staub
als hätte ich mir die Kehle trocken geweint
(dabei hatte ich ein halbes Jahrhundert lang
nicht geweint).

Ich will eure Himmel nicht, compañeros,
eure niedrigen Lichter, falschen Freunde,
Straßen der Küsse,
Lügen fliegender Spiegel.

Ich will das letzte Siegel brechen,
den Mond, der nicht hell macht,
die Nacht, in der nichts leuchtet.

sm

Taivaan ja meren raja häipyi,
kaikki oli samaa läpikuultoista auerta,
valkoista kuuraa tai himmeää helmeä.
Ilmassa ui vene sädehtivin purjein
hiljaa kuin lumen loihtima kangastus,
hiljaa kuin valo tuulettomalla seudulla,

kuin valon hostia lepäävän tuulen
tarjottimella.

1977

Die Grenze zwischen Himmel und Meer verschwand,
alles war der gleiche durchsichtige Dunst,
weißer Reif oder mattglänzende Perle.
In der Luft schwamm ein Boot mit strahlendem Segel
still wie eine vom Schnee gezauberte Luftspiegelung,
still wie Licht in windloser Gegend,

wie eine Hostie des Lichtes auf dem Tablett des
ruhenden Windes.

is

Die Autorin

Eeva-Liisa Manner wurde am 5. 12. 1921 in Helsinki geboren. Am Tag nach der Geburt starb die Mutter, und die Tochter wuchs bei den Großeltern in Viipuri auf der Karelischen Landenge auf, in der damals zweitgrößten Stadt Finnlands. Der Großvater stammte aus Savo in Ostfinnland und war Tischler und Klavierbauer, die Großmutter wiederum kam aus einer finnlandschwedischen Familie. Sechs Jahre besuchte Eeva-Liisa Manner die höhere Schule in Viipuri, bis 1939 der sogenannte Winterkrieg zwischen Finnland und der Sowjetunion ausbrach. In diesem Krieg verlor Finnland karelische Gebiete an die Sowjetunion, darunter auch die Stadt Viipuri. Wie viele tausend andere wurde Eeva-Liisa Manner infolgedessen nach Helsinki umgesiedelt. In der Hauptstadt arbeitete sie zunächst als Versicherungsangestellte, dann als Verlagsredakteurin. Im Jahr 1946, zwei Jahre nach ihrem Debüt als Lyrikerin, entschloß sie sich, fortan als freie Schriftstellerin und Übersetzerin zu leben.

In den fünfziger Jahren verließ sie Helsinki und siedelte in ein abgelegenes Dorf in der südwestfinnischen Provinz Häme um. In der Abgeschiedenheit, fern von der Großstadt, entstand der Gedichtband »Tämä matka« (Diese Reise, 1956), mit dem ihr nicht nur persönlich der literarische Durchbruch gelang, sondern der zugleich als erstes Werk des finnischen Modernismus nahezu ungeteilte Zustimmung bei Kritik und Publikum fand. Das Buch trug maßgeblich zur Etablierung der modernen Schreibweise in Finnland bei, und die Verfasserin trat damit an die Seite der führenden Wegbereiter des neuen Gedichts, also neben Autoren wie Paavo Haavikko, Tuomas Anhava und Lassi Nummi.

Für Eeva-Liisa Manner selbst waren derartige Zuordnungen nie von Belang, und als sie im Jahr 1957 die ländliche Abgeschiedenheit verließ, zog sie nicht etwa nach Helsinki, ins Zentrum der Modernisten, sondern bevorzugte die Industriestadt Tampere, wo zu jener Zeit namhafte Autoren wie Väinö Linna und Lauri Viita lebten, deren Schreiben eher traditionell ausgerichtet war. Bis zu ihrem Tod blieb Tampere Eeva-Liisa Manners Wohnort, den sie aber immer wieder für Reisen und Auslandsaufenthalte verließ. Besonders wichtig wurde ihr Spanien, das sie im Sommer 1963 zum ersten Mal bereiste. In den Jahren 1965 – 1969, 1971/72 sowie 1976/77 hielt sie sich längere Zeit in Andalusien auf. Die Eindrücke, die sie am südlichen Rand Europas sammelte, prägten ihre Dichtung nun ebenso sehr wie die Erfahrungen am Nordrand des Kontinents. Weitere Reisen führten sie u. a. nach Nordafrika, Estland, Polen, Griechenland, Italien und Japan.

Für ihr umfangreiches Werk als Autorin und Übersetzerin erhielt Eeva-Liisa Manner zahlreiche Auszeichnungen, allein siebenmal wurde ihr der Finnische Staatspreis, die bedeutendste literarische Auszeichnung des Landes, verliehen. Ungeachtet der Anerkennung, die ihr entgegengebracht wurde, entzog sie sich der Rolle einer öffentlichen Person. Sie mied Interviews und Auftritte jedweder Art und lebte allein und zurückgezogen. In den letzten Jahren vor ihrem Tod, als sie bereits an einer schweren Krankheit litt, hatten nur wenige Menschen Kontakt zu ihr. Am 7. Juli 1995 starb Eeva-Liisa Manner in einem Krankenhaus in Tampere.

Das Werk

1944 *Mustaa ja punaista (Schwarz und rot).* Gedichte.

1949 *Kuin tuuli tai pilvi (Wie Wind oder Wolke).* Gedichte.

1951 *Tyttö taivaan laiturilla (Das Mädchen an der Landungsbrücke des Himmels).* Kurzroman.

1956 *Tämä matka (Diese Reise).* Gedichte.

1957 *Kävelymusiikkia pienille virtahevoille ja muita harjoituksia (Promenadenmusik für kleine Flußpferde und andere Etüden).* Prosa.

1959 *Eros ja Psykhe (Eros und Psyche).* Dramatische Dichtung.

1960 *Eurydike. 4-osainen murhenäytelmä nukketeatterille (Eurydike. Tragödie in 4 Akten für Puppentheater).*

1960 *Orfiset laulut (Orphische Lieder).* Gedichte.

1963 *Oliko murhaaja enkeli? (War der Mörder ein Engel?)* /Unter dem Pseudonym Anna September/. Roman.

1964 *Niin vaihtuivat vuodenajat (So wechselten die Jahreszeiten).* Gedichte.

1965 *Uuden vuoden yö (Silvesternacht).* Komödie.

1966 *Kirjoitettu kivi (Der beschriebene Stein).* Gedichte.

1967 *Toukokuun lumi. 3-näytöksinen näytelmä (Maischnee. Schauspiel in drei Akten).*

1968 *Poltettu oranssi. Balladi sanan ja veren ansoista (Die verbrannte Orange. Ballade von den Fallen des Wortes und des Blutes).* Drama.

1968 *Fahrenheit 121.* Gedichte.

1968 *Jos suru savuaisi. Elokuun runot ja muitakin (Wenn Rauch aufstiege von der Trauer. August-Gedichte und anderes).* Gedichte.

1972 *Varokaa, voittajat. Rajatilanteita, eli kuusikymmentä aspektia erään mestitsiperheen murhenäytelmään (Vorsicht, ihr Sieger. Grenzsituationen oder sechzig Aspekte zur Tragödie einer Mestizenfamilie).*

1976 *Kamala kissa. Pilakokoelma (Die schreckliche Katze. Scherzsammlung).* Gedichte.

1977 *Kuolleet vedet. Sarjoja yleisistä ja yksityisistä mytologioista (Tote Wasser. Zyklen über allgemeine und individuelle Mythologien).* Gedichte.

1980 *Runoja 1956 – 1977 (Gedichte 1956 – 1977).*

1982 *Kauhukakara ja Superkissa. Kissaleikki. Prologi ja kaksi näytöstä (Satansbraten und Superkatze. Katzenspiel. Prolog und zwei Akte).*

1985 *Kamala Kissa ja Katinperän lorut. Epäkohteliaita runoja & parodioita (Die schreckliche Katze und Katzenhofer Kinderreime. Unhöfliche Gedichte & Parodien).*

1987 *Santakujan Othello. Lisälehtiä keskeneräiseen murhenäytelmään – Georg Büchnerin Woyzeckiin (Der Othello aus der Sandgasse. Beiblätter zu einer unvollendeten Tragödie – zu Georg Büchners Woyzeck).* Drama.

1988 *Hevonen minun veljeni (Das Pferd mein Bruder).* Gedichte.

Zu Werk und Person (Auswahl)

1969 Kai Laitinen: *Finnlands moderne Literatur.* Hamburg 1969.

1969 Ritva Rainio (Hg.): *Miten kirjani ovat syntyneet.* Eeva-Liisa Manner. Helsinki 1969. S. 211 – 228.

1973 Jaakko A. Ahokas: *Eeva-Liisa Manner: Dropping from Reality into Life.* In: Books Abroad. 47. 1973. H. 1. S. 60 – 65.

1976 Anna-Liisa Mäenpää: *Eeva-Liisa Mannerin hevoset.* In: Ritva Haavikko (Hg.): Rivien takaa. Helsinki 1976. S. 181 – 258.

1981 Maria-Liisa Kunnas: *Muodon vallankumous. Modernismin tulo suomenkieliseen lyriikkaan 1945 – 1959.* Helsinki 1981.

1983 Pekka Tarkka: *Finnische Literatur der Gegenwart.* Fünfzig Autoren-Porträts. Eeva-Liisa Manner. Helsinki 1983. S. 91 – 94.

1987 Raili Elovaara: *Heideggers Gedankenangst im Werke von Eeva-Liisa Manner.* In: Jahrbuch für finnisch-deutsche Literaturbeziehungen. Helsinki. Nr. 19. 1987. S. 61 – 69.

1989 Tuula Hökkä: *Muodonmuutosten runoilija - Eeva-Liisa Manner.* In: Maria-Liisa Nevala (Hg.): »Sain roolin johon en mahdu«. Suomalaisen naiskirjallisuuden linjoja. Helsinki 1989. S. 555 - 570.

1989 Pekka Tarkka: *Suomalaisia nykykirjailijoita.* Eeva-Liisa Manner. Helsinki 1989. S. 103 – 106.

1991 Tuula Hökkä: *Mullan kirjoitusta, auringon savua. Näkökulmia Eeva-Liisa Mannerin runouteen ja sen modernisuuteen.* Helsinki 1991.

1991 Tuula Hökkä: *Eeva-Liisa Mannerin kirjailijantyön ja tutkimuksen bibliografia 1990.* Helsinki 1991.

1991 Sinikka Tuohimaa (Hg.): *Läpi lentävän peilin. Esseitä Eeva-Liisa Mannerin tuotannosta.* Jyväskylä 1991.

1995 Stefan Moster: *Woyzeck kam bis Finnland. Eeva-Liisa Manners Auseinandersetzung mit Georg Büchners Drama.* In: Jahrbuch für finnisch-deutsche Literaturbeziehungen. Helsinki. Nr. 27. 1995. S. 103 – 107.

Tuula Hökkä: *Eeva-Liisa Manner.* In: Kritisches Lexikon zur fremdsprachigen Gegenwartsliteratur. Hg. von Heinz Ludwig Arnold. 20. Nlg.

Übersetzungen in fremde Sprachen

1962 Eeva-Liisa Manner: *Lekar för enslingar. Dikter och etyder.*
Ins Schwedische übersetzt von Bertel Kihlman.
Helsingfors 1962.

1970 Eeva-Liisa Manner: *Eros und Psyche.*
Dramatische Dichtung.
Ins Deutsche übertragen von Friedrich Ege und Maila Vala-Ege.
Karlsruhe 1970.

1974 Eeva-Liisa Manner: *Mainakes hundar.*
Ins Schwedische übersetzt von Thomas Warburton.
Helsingfors 1974.

1977 Eeva-Liisa Manner: *Eros et Psyché.* Poème dramatique.
Ins Französische übersetzt von Richard Poger.
Budapest 1977.

1986 Eeva-Liisa Manner: *Fog Horses.*
Ins Englische übersetzt von Ritva Poom.
New York 1986.

1987 Eeva-Liisa Manner: *Alfa.*
Ins Polnische übersetzt von Bohdan Drozdowski und
Bozena Maciejewska. Krakau 1987.

1987 Eeva-Liisa Manner: *A füst árnyéka.*
Ins Ungarische übersetzt von András Fodor,
Béla Jávorszky, Géza Képes, Dénes Kiss,
Lajos Szopori Nagy und József Tornai. Budapest 1987.

1988 Eeva-Liisa Manner: *Le monde est le poème de mes sens.*
Ins Französische übersetzt und herausgegeben
von Jean-Jacques Lamiche. Tampere 1988.

1989 Eeva-Liisa Manner: *The Othello of Sand Alley.*
Ins Englische übersetzt von Aili und Austin Flint.
In: Books from Finland (Helsinki). 1989. H. 1. S. 18–32.

1994 Eeva-Liisa Manner: *Le rêve, l'ombre et la vision.*
Ins Französische übersetzt und mit einem Vorwort
von Jean-Jacques Lamiche. O. O. 1994.

1995 Eeva-Liisa Manner: *Der Othello aus der Sandgasse. Beiblätter zu einer unvollendeten Tragödie – zu Georg Büchners Woyzeck.*
Ins Deutsche übersetzt von Stefan Moster.
In: Jahrbuch für finnisch-deutsche Literaturbeziehungen. Helsinki. Nr. 27. 1995. S. 108–122.

Einzelne Gedichte sind enthalten in chinesischen, deutschen, englischen, estnischen, französischen, griechischen, indischen (Gujarati und Hindi), italienischen, japanischen, mazedonischen, niederländischen, norwegischen, polnischen, portugiesischen, russischen, schwedischen, serbokroatischen, spanischen und ungarischen Anthologien.
Außerdem existieren Übersetzungen von dramatischen Texten, die für Theater- oder Rundfunkaufführungen angefertigt wurden und nicht in Buchform erschienen sind, in Deutsch, Englisch, Estnisch, Französisch, Schwedisch und Tschechisch.

Nachwort

Wäre sie über die Grenzen ihres Landes hinaus bekannter, als dies bislang der Fall ist, würde man sie wohl zu den bedeutenden Dichterinnen der europäischen Moderne zählen. Ihre Gedichte sprechen die »Weltsprache der modernen Poesie«, doch ihre Lyrik ist von ganz eigenständigem Charakter und läßt sich mit überkommenen Festlegungen nicht fassen. Mit Eeva-Liisa Manner ist eine Dichterpersönlichkeit zu entdecken.

Sie ist eine Dichterin aus Finnland, und in vielen Gedichten hat die von Wasser und Wald geprägte Natur ihrer Heimat sprachliche Gestalt gewonnen. Sie ist aber auch eine Dichterin, die Inspiration aus der Begegnung mit fremden Landschaften und Kulturen erfährt, sie ist eine Reisende in ferne Länder und fremdsprachige Literaturen.

Sie gilt als Dichterin des finnischen Modernismus, die dazu beitrug, einer modernen Ästhetik in ihrem Land zum Durchbruch zu verhelfen, und ihr drittes Buch, die Gedichtsammlung »Tämä matka« (Diese Reise, 1956), war das erste modernistische Werk, das auf breite und nahezu ungeteilte Resonanz bei Kritik und Publikum stieß. Ihre Ambition hingegen ist kaum programmatisch zu nennen. Als sie im Folgejahr gebeten wird, sich über moderne Dichtung zu äußern, stellt sie exemplarisch ein eigenes, Johann Sebastian Bach zugeeignetes Gedicht vor und sagt, sie sei nicht einmal sicher, ob es sich dabei tatsächlich um ein modernes Gedicht handle. Sie bedient sich der freien poetischen Formen, um ihr individuelles Ausdrucksverlangen nicht starren Schemata unterwerfen zu müssen. Sie braucht den freien Vers, um die dichterische Sprache aufnahmefähig zu machen für die Vielfältigkeit der Wirklichkeit – Bachs Musik zählt dazu und repräsentiert sie zugleich in ihrer komplexen Ordnung – und die Intensität der Empfindungen.

Eeva-Liisa Manner ist eine Dichterin der Einsamkeit und der Sehnsucht. In zahlreichen Variationen zeichnet sie sehr privat anmutende Bilder des Verlustes und des Verlangens, der stillen Betrachtung und einsamen Reflexion. Aber sie ist auch eine politische Autorin. Vor allem in ihren Texten aus den späten sechziger Jahren bezieht sie unmißverständlich Stellung zu einschneidenden weltpolitischen Ereignissen. Sie verurteilt den Vietnamkrieg ebenso wie die gewaltsame Niederschlagung des Prager Frühlings. In dieser Zeit entstehen Gedichte dezidiert sozialer Anteilnahme mit Unterprivilegierten, mit Armen, mit Heimatlosen. Nie jedoch geraten ihre politischen Texte zu Pamphleten. Zu sehr sind sie von persönlicher Reflexion durchdrungen. Obwohl sie konkret auf zeitgeschichtliche Ereignisse Bezug nehmen, tragen sie kein Verfallsdatum und sind von bleibender Aktualität.

Ambivalenzen dieser Art durchziehen das dichterische Schaffen Eeva-Liisa Manners. Sie prägen es. Es sind Widersprüchlichkeiten, die letztlich aus einer Heimatlosigkeit resultieren, die Eeva-Liisa Manner selbst als die bestimmende Dynamik ihres Denkens, Empfindens und Schreibens bezeichnet hat. Einen Essay mit der Überschrift »Wie meine Bücher entstanden sind« (1969) beginnt sie mit einem Sprichwort andalusischer Zigeuner: »El mundo es nuestra casa« – Die Welt ist unser Zuhause. Dieser Satz spricht von der Freiheit, die aus Ungebundenheit resultiert und verweist zugleich auf die Heimatlosigkeit, die dafür die Voraussetzung ist. Er bringt Trauer und Trost in einem zum Ausdruck. Darin gleicht er vielen von Eeva-Liisa Manners Gedichten. Und das Problem der Zugehörigkeit, des Zuhause-Seins läßt sich in mancherlei Hinsicht auf das Leben und Schreiben der Dichterin übertragen.

Eeva-Liisa Manner wurde 1921 in Helsinki geboren. Da ihre Mutter bereits am Tag nach der Geburt starb, wuchs das Kind bei den Großeltern in Viipuri auf der Karelischen Landenge auf. Infolge des sogenannten »Winterkrieges« zwischen Finnland und der Sowjetunion (1939/40), war Eeva-Liisa Manner zur Rückkehr nach Helsinki gezwungen. In den fünfziger Jahren wechselte sie zum ersten Mal freiwillig ihren Wohnort und siedelte in ein abgelegenes Dorf in der südwestfinnischen Provinz Häme um. Im Jahr 1957 zog sie von dort in die Industriestadt Tampere. Es folgten zahlreiche Reisen in verschiedene Länder Europas, aber auch nach Nordafrika und Japan. Zu ihrem zweiten Wohnsitz indes wurde Südspanien. In den sechziger und siebziger Jahren hielt sich Eeva-Liisa Manner immer wieder für längere Zeit in dem kleinen andalusischen Dorf Churriana in der Nähe von Malaga auf. In ihren Werken aus dieser Zeit ist der spanische Einfluß nicht zu übersehen. Sie bringt in ihren Gedichtsammlungen Erfahrungen aus dem äußersten Süden mit solchen aus dem äußersten Norden Europas zusammen – auch dies eine Ambivalenz.

Die Welt ist ihr Zuhause – das gilt in besonderem Maße für die Welt der Dichtung. Sie lebt mit den Werken der Weltliteratur und kennt dabei weder Länder- noch Epochengrenzen. Als Übersetzerin hat sie Werke von Autoren unterschiedlicher Nationalität, von Büchner bis Kawabata, ins Finnische übertragen und sich als Essayistin und Rezensentin mit zahlreichen Schriftstellern, von Shakespeare bis Dürrenmatt, in ebenso scharfsinnigen wie sensiblen Worten auseinandergesetzt. Ihr eigenes dichterisches Werk trägt Spuren vielfältiger literarischer, philosophischer, kultureller Erfahrungen. In ihren Gedichten findet sie den Raum, die Schönheit der Musik von Bach oder Mozart zu würdigen, in einen Dialog mit großen Philosophen wie Descartes oder Heidegger zu treten und in ebenso zeitgemäßer wie individueller Weise auf Erzählungen der griechischen Mythologie zu antworten.

Im Sommer 1995 starb Eeva-Liisa Manner nach langer Krankheit in Tampere. Obwohl sie in den letzten Jahren vor ihrem Tod nicht mehr schreiben konnte, ist ihr Œuvre von außerordentlichem Umfang. Bis zum Ende der achtziger Jahre hat sie, neben den erwähnten Essays und Übersetzungen, vier Prosawerke, sechzehn Dramen und elf Gedichtbände veröffentlicht. Ihr literarisches Werk erstreckt sich über eine Spanne von mehr als vierzig Jahren. Obwohl ihr Schreiben über diesen langen Zeitraum hinweg einige Entwicklungsstufen durchlaufen hat, bleiben wesentliche Eigenschaften ihres literarischen Ausdrucks in allen Phasen erhalten. Dies gilt in besonderem Maße für die Gedichte, die zusammen einen ungewöhnlich weiten poetischen Raum bilden. Ein Gedicht aus dem Jahr 1966 benennt, auf welche Bestandteile sich die Architektur dieses Raumes gründet: »Treppen, Echos, / Spiegel, Treppen, / Echos, Spiegel«. Es ist ein »Universum der Echos«, wie es im selben Text heißt, in dem sie die Echos vielfältiger Erfahrungen aufeinandertreffen und ineinandergreifen läßt, damit sie Gestalt annehmen in Bilderkombinationen, deren Funktion darin besteht, die Bedingungen der menschlichen Existenz auszuloten.

Ihre Poesie wird getragen von einem Gestus des unaufhörlichen Fragens. Hierin offenbart sie sich als Schwester der Antigone aus Jean Anouilhs existentialistischem Theaterstück, die sagt: »Nous sommes des ceux qui posent les questions jusqu' au bout.« – Wir gehören zu denen, die alle Fragen bis zum Ende stellen. In ihren Gedichten befragt die Autorin die Geschichte nach dem Status und dem Wesen des Menschen, wobei sie mitunter, etwa in dem frühen Zyklus »Kambrium«, die gesamte Entwicklung der Menschheitsgeschichte zurückverfolgt bis in prähistorische Zeiten, um die frühesten Spuren der grundsätzlichen Differenz der menschlichen gegenüber anderen Lebensformen aufzufinden, eine Differenz, die zugleich einen unauflöslichen Konflikt bedeutet: Den Möglichkeiten, die Vernunft und Intelligenz bieten, steht die Unmöglichkeit einer Harmonie mit der Natur und dem eigenen Dasein gegenüber, wie sie Tiere verkörpern.

Das Fragen dient dem Erkennen, aber Erkenntnis bedeutet für Eeva-Liisa Manner einen fortwährenden Prozeß, eine nie endende Kette von Fragen, da jede Antwort bereits den Kern einer neuen Frage in sich trägt. So wie das Befragen der Geschichte Aufschluß über den Ort des eigenen Ich gibt, so werden auch die individuellen Erfahrungen im Hinblick auf die Wirklichkeit überprüft, die das Ich umgibt. Im Ich wird die Welt erkannt, in der Welt das Ich.

Jede Form der Reflexion, alle Erwägungen und Stellungnahmen übersetzt Eeva-Liisa Manners Lyrik in Bilder. Zum zentralen Bild des Fragegestus wird der Spiegel, ein in zahlreichen Varianten wiederkehrendes Motiv ihrer Poesie, denn in den Spiegel sehen heißt, das Spiegelbild befragen.

Ein Gedicht aus dem Jahr 1964 beginnt mit den Zeilen: »Das Wasser war glatt wie ein Spiegel, / ich tauchte in den Spiegel hinein«. Wenn das Ich dieses Gedichts in den Spiegel, in dem es sich selbst begegnet, erkennt und in Frage stellt, hineintritt, wird es zum Bestandteil der Bildwelt des Gedichts. Auf diese Weise wird im poetischen Text eine Sehnsucht eingelöst, die Eeva-Liisa Manners gesamtes Werk durchzieht. Es ist die Sehnsucht nach einem anderen Zustand, einem Zustand ohne die Schwere und Zerrissenheit des Menschseins. Diese Sehnsucht wird geweckt durch die Betrachtung der Natur und findet ihren Ausdruck durch Bilder, in denen sich klare Zuordnungen verlieren: »Die Grenze zwischen Himmel und Meer verschwand.«

Eingelöst werden kann diese Sehnsucht nach einem Zustand der Schwerelosigkeit, der auch das Einverständnis mit der eigenen Existenz und das harmonische Eingebundensein in die natürliche Lebenswelt meint, allein in der Sprache des Gedichts. Eeva-Liisa Manner selbst spricht von der Landschaft ihrer Gedichte, die keineswegs identisch ist mit einem Abbild der Natur. Es handelt sich um einen Raum, in dem sich Bilder aus der Natur mit kulturellen Elementen verbinden, in dem die Sphären Traum und Wirklichkeit verschmelzen, in dem sich Ich und Welt gegenseitig durchdringen, und in dem die Linearität der Geschichte aufgehoben ist. »Meine Gedichte«, sagt die Dichterin, »sind subjektive Teilchen des Universums und subjektive, aber auch transzendente Stücke der Zeit.« Wobei sich hinter dem Adjektiv »transzendent« keine religiöse Orientierung verbirgt, sondern Eeva-Liisa Manners spezifischer Zeitbegriff. Ihre Gedichte geben kein Bild der Zeit als linearer Ablauf, sondern als mehrdimensionaler Raum, in dem alle Zeiten, die verschiedenen Stufen der Vergangenheit wie auch der Zukunft enthalten sind. In ihren eigenen Worten heißt das: »Die Zeit ist eine Landschaft«. Durch diese Landschaft, diesen Zeit-Raum, geht das Ich der Gedichte mit den Schritten seiner Erfahrungen, beständig auf der Suche nach einem Ort und einer Befindlichkeit, die den Namen Heimat tragen könnte und stößt doch immer nur auf die traurige und zugleich tröstende Erkenntnis des andalusischen Sprichwortes: El mundo es nuestra casa.

Die Welt ist ihr Zuhause. Was aber ist die Welt in Eeva-Liisa Manners poetischem Verständnis? »Die Welt«, so sagt sie in einem ihrer Gedichte, »ist eine Dichtung meiner Sinne«. Sie existiert nicht unabhängig von der Erfahrung, von der Sprache. Sie wandelt sich unter dem Blick des Individuums, der Frau, der Dichterin. Davon sprechen die Gedichte der Eeva-Liisa Manner, tastend und analysierend, suchend und erkennend: eindringlich.

Stefan Moster

Ingrid Schellbach-Kopra, geboren in Halle/Saale. Studium der Finnougristik, Skandinavistik und Völkerkunde in Berlin und Göttingen. Dr. phil. Lektorin für Deutsch an finnischen Universitäten (Jyväskylä, Tampere, Helsinki; 1958 – 1987), Lektorin für Finnisch an der ELTE Budapest (1960 – 1961) Privatdozentin für Finnougristik (Universität Helsinki 1976 –), Gastprofessorin für Fennistik an der Universität Göttingen (1987 – 1989), Ordinaria für Finnougristik an der Universität München (seit 1990). Publikationen aus dem engeren Fachbereich, vor allem auch der Folkloristik und der Lexikographie (Wörterbücher Finnisch-Deutsch). Seit 1959 zahlreiche wissenschaftliche Übersetzungen aus dem Finnischen (Volkskunde, Linguistik und Nachbarbereiche). Staatlicher Finnischer Übersetzerpreis 1980. Übersetzungen finnischer und finnlandschwedischer Lyrik.

Stefan Moster, geboren 1964 in Mainz. Studium der Allgemeinen und vergleichenden Literaturwissenschaft, Nordischen Philologie und Finnougristik in München und Helsinki. M. A. Lehrbeauftragter für finnische Literatur an der Universität München. Lebt in Petershausen bei Dachau. Freie Tätigkeit in Literaturwissenschaft und Kritik sowie als Übersetzer finnischer Literatur.

Osmo Rauhala, geb 1957 in Nokia, Finnland. Lebt und arbeitet auf seinem Hof in Siuro bei Nokia sowie in New York in den USA. Studien und Abschlüsse: Master of Fine Arts, New York 1990; Akademie für Bildende Künste, Helsinki 1987; Magister in Wirtschaftswissenschaften, Turku 1987. Neben der künstlerischen Tätigkeit arbeitet er auf seinem Biobauernhof. Osmo Rauhala wurde 1992 in Finnland zum Jungen Künstler des Jahres gewählt; er hat zahlreiche finnische und internationale Stipendien und Auszeichnungen erhalten. Seine Arbeiten sind in fast allen wichtigen Museensammlungen Finnlands vertreten und in mehr als zehn Ländern in Europa und den Vereinigten Staaten. Einzel- und Gruppenausstellungen in Europa und Übersee. Seine Malereien und Installationen zeigen Tiermotive und abstrakte Formen; in ihnen lebt eine eigene Symbolik mit biologischen wie philosophischen Elementen, eine fast aktuell wirkende Naturmythologie.

Anmerkungen

Die Gedichte *Ein rätselhaftes Klagen* (S. 153) und *Die Grenze* (S. 163) sind in identischer Übersetzung in der Anthologie »Still wie Licht in windloser Gegend«, 1985, erschienen.

Die Buchstaben *is* und *sm* unter den deutschen Fassungen der Gedichte bezeichnen die Übersetzer:
is = Ingrid Schellbach-Kopra
sm = Stefan Moster.

Wir danken für die freundliche Unterstützung
des Instituts für finnische Literatur, Helsinki.

Inhalt

1956

1960 – 1968

Lyrikreihe »Das Neueste Gedicht« Neue Folge

Bisher erschienen:

(Nobelpreisträger 1979)
1 Odysseas Elytis: Sieben nächtliche Siebenzeiler. Orion
Neugriechisch-deutsch

2 Christoph von Wolzogen: Zwischen Spiegel und Fenster

3 Olly Komenda-Soentgerath: Das schläft mir nachts unter den Lidern
(Dritte Auflage)

(Nobelpreisträger 1975)
4 Eugenio Montale: Wer Licht abgibt, setzt sich dem Dunkel aus
Italienisch-deutsch

5 Levke Sörensen: Falls wir uns nicht mehr sehn

(Nobelpreisträger 1984)
6 Jaroslav Seifert: Im Spiegel hat er das Dunkel
Tschechisch-deutsch

7 Jannis Ritsos: Zeugenaussagen
Neugriechisch-deutsch

8 Christine Lavant: Sonnenvogel

9 William Carlos Williams: Endlos und unzerstörbar
Amerikanisch-deutsch

10 Anise Koltz: Sich der Stille hingeben
Französisch-deutsch

(Nobelpreisträger 1963)
11 Giorgos Seferis: Sechzehn Haikus. Stratis der Seemann
Neugriechisch-deutsch

12 Alain Bosquet: Eines Tages nach dem Leben
Französisch-deutsch

13 Karl Krolow: Herodot oder der Beginn von Geschichte

14 Olly Komenda-Soentgerath: Mit weniger kann ich nicht leben

15 Herman Melville: Wracks am Strande der Zeit
Amerikanisch-deutsch

16 Lothar Klünner: Befragte Lichtungen

17 René Char: Vertrauen zum Wind
Französisch-deutsch

18 Heinz Piontek: Eh der Wind umsprang

19 Léopold Sédar Senghor: Bis an die Tore der Nacht
Französisch-deutsch

20 Jaime Siles: Musik des Schweigens
Spanisch-deutsch

21 Olly Komenda-Soentgerath: Unerreichbar nahe

22 Dieter Leisegang: Übung eines Weges

23 Dagmar Nick: Gezählte Tage

24 Karl Vennberg: Ein Gedicht ohne Gesellschaft
Schwedisch-deutsch

25 Olav H. Hauge: Der Traum trägt das blaue Segel
Norwegisch-deutsch

26 Gotthard de Beauclair: Alles meint Anfang

27 Viljo Kajava: Nahes Ufer, fernes Ufer
Finnisch-deutsch

28 Raidar Ekner: Klage um die Tochter
Schwedisch-deutsch

29 Levke Sörensen: Ob du willst oder nicht

30 Rita Dove: Die gläserne Stirn der Gegenwart
Amerikanisch-deutsch

31 Fuad Rifka: Tagebuch eines Holzsammlers
Arabisch-deutsch

32 Herman de Coninck: Die Mehrzahl von Glück
Niederländisch-deutsch

33 Ludwig Steinherr: Unsre Gespräche bis in den Morgen

34 Olly Komenda-Soentgerath: Erst wenn die Boten kommen

35 Lassi Nummi: Welt, noch immer
Finnisch - deutsch

36 Gotthard de Beauclair: Oden auf Namenlos

37 Ludwig Steinherr: Vor der Erfindung des Paradieses

38 Fuad Rifka: Gedichte eines Indianers
Arabisch - deutsch

39 Ivan Diviš: Sursum
Tschechisch - deutsch

40 Walter Neumann: Der Flug der Möwen

41 Ludwig Steinherr: Erste Blicke, letzte Blicke